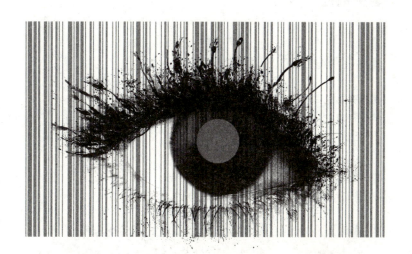

世界经典
推理故事

焦 亮/编译

华龄出版社
HUALING PRESS

责任编辑：潘笑竹
责任印制：李未圻
封面设计：颜　森

图书在版编目（CIP）数据

世界经典推理故事 /焦亮编译. –– 北京：华龄出
版社，2017.4
ISBN 978–7–5169–0934–8

Ⅰ.①世… Ⅱ.①焦… Ⅲ.①中篇小说 – 小说集 – 世
界②短篇小说 – 小说集 – 世界 Ⅳ.①I14

中国版本图书馆CIP数据核字（2017）第065988号

书　　　名：世界经典推理故事
作　　　者：焦亮编译

出　版　人：胡福君
出版发行：华龄出版社
地　　　址：北京市东城区安定门外大街甲57号　　邮编：100011
电　　　话：58122246　　　　　　　　　　传真：58122264
网　　　址：http://www.hualingpress.com

印　　　刷：三河市龙大印装有限公司
版　　　次：2018年12月第1版　　　2018年12月第1次印刷
开　　　本：880×1230　1/32　　　印　　张：7
字　　　数：151千字
定　　　价：32.00元

（如出现印装质量问题，调换联系电话：010–82865588）

前　言

　　推理小说这个名称，最早是在日本起用的，在此之前它一直被称为"侦探小说"。江户川乱步是"推理小说"的提出者之一，他后来成为日本"侦探推理小说之父"。在一篇名为《侦探趣味》的文章中，江户川乱步这样写道："说到侦探小说，总会给人一种不入流的印象，这个名称害它吃的亏无法估量。侦探这个词语，会直接让人联想到窃贼和刑警，这一点最糟糕。侦探小说的内容不一定就是官兵捉小偷，里头即使有窃贼登场，描写的也是窃贼的心理、侦探精巧的推理，重点并不在窃贼或刑警本身。"也许正是这个原因，他才竭力主张给"侦探小说"换一个名字。

　　由此可见，推理小说与侦探小说只不过是同一种文学形式在不同时间的叫法，在本质上并没有什么区别。关于推理小说的发展，现在一般公认为起源于美国，发展于英国，大行其道于日本。1841 年 4 月，美国作家爱伦·坡发表的《莫格街凶杀案》被认为是世界上第一篇推理小说，算来距今已有 175 年的历史了。175 年，对于一种文学形式来说，可以说是非常短的时间，但就在这短短的 100 多年时间里，推理小说却取得了令人震惊的发展。

　　美国推理小说家范·达因在感想录中说过这样一段话："我在写侦探小说之前，因病疗养了两年左右，其间读了国内外 2000 本侦探小说。"范·达因说这话的时候是在 90 多年前，而且他读的这 2000 本小说一定包括许多短篇集，这样算来，现今存在于世的侦探小说的数量的确惊人。不仅作品数量惊人，而且在这 100 多年的时间里，无数推理小说家成为名震世界的大作家，形成了一股强大的、让人无法忽视的文学力量。推理小说之所以在短时间内有如此长足的发展，相信与其本身的特性密切相关。

范·达因曾经说过："推理小说是一种智性游戏，但更像一种竞赛，作者必须公平地和读者玩这场比赛，他必须在使用策略和诡计的同时，维持一定程度的诚实，绝对不能过分到像玩桥牌时作弊一样。他必须以智取胜，透过精巧又不失诚实的设计引起读者兴趣。"一篇扣人心弦的推理小说，不仅要有广阔的社会背景和饱满立体的人物角色，更要有曲折多变、惊险刺激的情节剧情。文字时而明媚，时而幽暗；时而血腥，时而壮美；时而开朗，时而沉郁……总之，在各种刀光剑影的故事中，体会那种或狂喊悲鸣，或暴烈凶蛮，或瞠目结舌，或怪诞奇特的感官刺激，这也正是说明文学中充满悬疑和恐怖的情节，以及深入细致的分析和精到准确的判断和推理，不仅会使人获得文学艺术上的享受、思想方法上的启迪，更重要的是会给人的精神带来某种刺激，使人在阅读后感觉到精神的放松和愉悦。

作为推理小说的主体样式，短篇推理小说具有独特的优势，因其篇幅短小、结构精巧、节奏感强等特点，一直受到广大读者的追捧。而且这样的模式更适于解构解谜，也适合猜谜者的思维长度。本书是一本精心编辑的中短篇小说集，它收集了英、美、法、日等多国的优秀作品，特别注意搜集了广受好评的代表性的推理小说，充分体现了世界推理小说的整体创作水准。书中近 12 篇故事，均代表了推理小说的不同内容类型，包括步步紧逼的连环杀手、致命诱惑的金钱犯罪、杀机暗伏的失踪迷阵、血咒惊魂的阴谋杀害、不可思议的高智商案、诡谲离奇的惊险对局、超乎常理的噬魂凶手、天衣无缝的完美现场、构思精妙的复仇计划等，这些各具代表性的怪谈故事，充分展现了世界推理小说晦暗玄秘的风格气氛，以及曲折复杂、引人入胜的阅读特点。

　　总之，每一篇故事都犹如一只藏着机关的魔盒，让你在哆哆嗦嗦地打开的同时，感受到那种揪心的惊悚和悬疑扑面而来，一直深入你的灵魂，啃噬你的精神，让你在头脑高速运转的同时，体会那种心跳加快、脊背发凉、诡异怪诞的推理魅力。

目　录

D坡杀人事件

【日】江户川乱步

一

9月上旬的天气依旧闷热，一天傍晚，我一如往昔地到D坡大街一家名为白梅轩的茶馆喝冷咖啡，对于我这个刚从学校毕业的失业者来说，喝咖啡是最好的消磨时间的方法。选择白梅轩不是因为那里的咖啡味道有多好，仅仅是因为它离我的宿舍比较近。

白梅轩所在的D坡大街，以做菊花偶人闻名遐迩。近日，政府要对这条街进行整修，路两边的店铺相比往日冷清了不少。不过，白梅轩的生意向来不算红火，所以我坐在店中也感觉不出有什么异样。

说来也怪，我这人一走进茶馆或咖啡馆之类的场所，屁股就像长了钉子，会坐上很长时间。美味的西餐是我不能妄想的，囊中羞涩的我只能点上一两杯最便宜的咖啡，静静地阅读报纸。

今天报纸的头版头条不出意外的是关于旧书店谋杀案的消息，上面说真正的凶手已经迫于压力投案自首，看到这，我不禁嘲笑自己，也对明智小五郎感到了歉意。

我与小五郎相识于白梅轩，此人聪明灵活、言语机警，但是他吸引我的不是这些，而是他也喜欢侦探小说。

但是，在这起案件发生之前，我与小五郎的关系只能算是萍水相逢，他有什么历史、什么样的生活方式、什么样的人生观我都一无所知。但有一点我很肯定，他是一个无业游民，而且是一个古怪的无业游民。如果非要给他安一个头衔，"学究"这个词还是比较贴切的，他曾经跟我说自己喜欢研究人，但是具体怎样研究或是研究方向在哪儿，我依然不得而知，或许只有犯罪案件和侦探小说才能把我们两个人深深地吸引在一起。

小五郎的年龄与我差不多，身材上他比我更加精瘦，走路时有晃肩膀的毛病，不过这种走路姿势让我想起了一只手不太灵活的神田伯龙，他的声音和脸型也和神田伯龙比较相似，只是小五郎的头发更长，并且不精于打理，非常蓬乱。穿着更不是小五郎的特长，他的惯有装束就是棉织衣服上扎一条粗布袋。

这样一个不修边幅的人，让我在这起案件发生之后，完全颠覆了对他的最初印象。回到刚说的那起凶杀案，凶案发生在半个月前，也是在一个炎热的傍晚，我一个人坐在白梅轩喝冷咖啡。在白梅轩的对面有一家旧书店，从我现在的角度看去，那是一家简陋偏僻、没有人关注的书店，实在没什么观赏价值。不过此刻和周遭尘土飞扬的施工现场比起来，那里倒显得有一番情趣。

之前和小五郎的聊天中，我得知他的童年女友就是那家旧书店的女主人，我对他们的关系没觉得怎么稀奇，而是小五郎对"童年女友"的定义让我一时摸不着头脑。所以，这天我有种想进入那家书店的冲动。

我坐在座位上紧紧地盯着那家书店的门，期望明智小五郎口中的"童年女友"能够走出来，让我一睹芳容。

那家店的门面不光陈旧，而且还非常小，只有 3 米多宽。我等了许久，仍不见有人出来，我有些不耐烦了，想先到旁边的钟表店去看看有没有什么新货。可是还没等我起身，钟表店的大门"咣当"一声关上了。

我可以理解，在施工期间各个店铺都会早早地关门盘点。书店内的拉门非常有特点，在中间有两个 5 厘米宽的方格子，可以左右移动。书是极容易被偷的东西，有了这两个格子，在店面没人照料的情况下，通过格子的缝隙也可以看到是否有人偷书。

可是，此时那两个格子是关闭的，难道里面的人不害怕闷热的天气吗？或许里面发生了什么事情？我的注意力又回到了旧书店的门上。

同明智小五郎一样，"童年女友"身上也有许多奇异的传闻，这是我从茶馆女服务员口中听来的。她说："旧书店的女老板看起来白白净净、挺漂亮的，但是脱光了衣服浑身都是伤痕，有打的、有抓的，可是他们夫妻关系还很好，你说这是不是一件奇怪的事。"

其实我对这些有关家庭暴力的传闻没什么兴趣，大街上经常听到有人拿这种事情嚼舌头。

就这样，我盯着那家店门大约有 30 分钟。这时，明智小五郎穿着他那件黑白竖条浴袍从茶馆的窗户前走过。我招呼他进来和我一起喝杯咖啡，他没有客气，转身拐进茶馆，坐到我旁边。在交谈中，他发觉我的眼神时不时地盯着某个地方，感觉很奇怪，于是他顺着我的视线也一同凝视着对面的旧书店。

我们两个人犹如雕塑与模具的关系，又像两个暂时性的"双胞胎"，在同样的时间保持着相同的姿势。好在，交谈时不时地让我们从共体回到了个体。我们在一起，无非就是聊一些侦探小说或者与犯罪有关的东西。

正当我们聊得渐入佳境时，对面的旧书店发生了一件怪事。

"有人偷书！"我警觉地说。

"我也看到了，就是那个带棕色毡帽的家伙！"明智小五郎应和着。

"这已经是我坐下之后看到的第四个了。"

"书店里没有人看管吗？"明智小五郎感到奇怪。

"我一直盯着，门上的那个格子是关着的，已经差不多 1 个小时了。店主也不知上哪去了，会不会出了什么事情。"

明智小五郎听我这么一说，立即兴奋起来："要是真发生什么案件就有趣了。走，咱们去那看看！"说着他起身就要走出茶馆，我也抑制不住好奇，跟随他一同前往。

这家书店的布局和其他书店并无二样，罗列的书架，堆积如山的书籍。在正面的书架旁有一个 1 米宽的甬道。

我们走进门喊了一声，没有人回应。里面的屋子也是黑漆漆的，隐约之中好像有个人躺在房间的拐角处。

我们打起精神朝着甬道走去。这时明智小五郎打开了房灯，伴随着光的闪耀，我们发出了惊呼——在那房间的角落果然躺着一个人，而且是一个死人。

"她应该就是你的'童年女友'吧。"我张嘴说道。

　　小五郎走近尸体仔细查看，然后用警察般命令的口吻让我在这里看守，并保护现场，他去电话亭报警。虽然我平时热衷于各种案件的推理故事，但是现实中遭遇凶案还是头一遭。我壮着胆子蹲下来，看着不远处的死尸，由于气味和恐惧，我不敢靠近，但是凭借着丰富的阅读探案小说的经验，我断定这个女店主是被掐死的。

　　房间狭小却通透，因为炎热，所有的房门都是打开的，所以我能一直看到后院。死去的女人穿着粗格子浴衣面朝天花板躺着，膝盖以下的腿部完全裸露。

　　没一会儿，警察便赶到现场，后面还有一位西服革履的男人，他是K警察署的司法主任。我把详细情况向警察诉说了一遍，并且特别强调拉门格子的关闭时间是晚上8点，房间的灯是亮的，所以8点之前房间里有活着的人。

　　司法主任边听边做笔录，等到法医验尸完毕，得出结论和我判断的大体一样：是被人用手掐死，而且是用右手，死亡时间是1小时之内，现场没有抵抗的痕迹，凶手应该力量很大，而且速度很快。

　　这时候，旧书店前已经被看热闹的人围得水泄不通。警察署署长和名侦探小林刑警也来到现场。

　　接着司法主任向我询问男主人的去向，明智小五郎非常聪明，叫来了隔壁那家钟表店的老板。

　　"你对这家店的男主人了解吗？"司法主任问钟表店老板。

　　"额……他经常去上野大街，不到12点不回来，但今天去哪我也不知道。"

　　"那你1个小时之前听到这间房间有什么动静吗？"

"没有，很安静的。"

我和明智小五郎又把刚才的经过和他们叙述了一遍。听完我们的叙述，小林刑警命令关上临街的窗户，赶退看热闹的人群。接着他便全神贯注地开始对现场进行检查，不过除了和刚才用右手按压致死的结论相同，没有找到其他线索。

在搜查死者房间的时候，警员们发现了一个情况：在电灯的开关上有指纹，所以灯肯定是罪犯关上的，然后警察又问是谁开的灯，明智小五郎说是他，警察让他一会儿去做指纹鉴定，不要再触碰电灯开关。

随后，小林刑警对尸体进行了裸体检查，具体情况我们不得而知。不过据我推测，他一定在身上发现了许多新伤，就像茶馆女服务员所说。

裸体检查结束，我们仍然被留在现场，因为一会儿还要取我们的指纹。这段时间，我探听到了许多警员得出的现场检查报告，这些话字字进入了我和明智小五郎的耳朵。

在刑警检查完二楼之后，有个警察带回一个衣着破烂，40岁左右的中年男人。这个男人是后门冰激凌店的老板，如果有人从后门出来的话，一定会经过他的店门口，所以警察便把他找来了解情况，同样是问他在1个多小时前是否看到有人从这家店的后门走出。冰激凌店老板说："没有，连一只猫也没有！"

如果冰激凌店主说的是实话，那么凶手只有两种方式从这间屋子逃走，一是潜入胡同中或从后门逃到家里，二是从二楼屋顶逃走，不过从检查楼上的结果来看，窗户没有任何踩踏的痕迹，并且炎热的天气让各家各户都开着窗户，从那里逃走岂不是太过扎眼。

因此，警方就按照第一种可能进行排查。旧书店周围的住户加起来总共不过 11 家，所以调查没用多长时间，但是警方仍然一无所获。

凶手是如何进入书店，又是如何出去的，显然已经成为一个谜，不过让人不解的地方还在后面。有两个住在附近的工业学校的学生过来向警方反映情况，其中一个说他在晚上 8 点多的时候正站在书店前，当时他看到里面的拉门是关着的，但是门上的格子开着，他透过格子看到里面有一个男人，也就在这个时候，男人好像发现了他们，一下把那格子关上。由于时间太短，他只能判断那是一个男人，其他的像身高、体重什么的他都没看见。不过他看到一部分衣服是黑色细条状。

可是当另一个学生说的时候，他说看到的是一个穿白衣服的男人。两个学生的描述很矛盾，也让警察很头疼，案件越来越扑朔迷离了。

没过多久，死者的丈夫得到消息赶回家中。书店的男主人是个年轻的男人，在看到妻子被杀之后十分悲痛。小林刑警开始向他提问，不过结果让所有人失望，没有从他身上得到一丁点的线索。并且该店主平时没有什么不良记录，也没与其他人结下仇怨。

不过店主对死者身上的伤痕做出了解释，他是在考虑了很久之后才承认那是自己搞的，警方认为这是他们的家事，并且与这起凶杀案的关系不大，所以就没有追究他的责任。

就这样，等到调查结束的时候，已经是深夜 1 点了，警方留下我和明智小五郎的指纹、姓名、住址之后，放我们回家。

二

第二天，小林刑警对这起案件的调查仍然是一无所获。如果说警察检查没有什么遗漏，证人也没有说谎，那么这将变成一起无头悬案。可是每个证人的证言都毫无漏洞，藏身于周围房子的推断也被推翻，后来甚至对死者家乡的调查也是空手而归，世界上真的有破解不了的案子吗？

让人失望的是，唯一的希望——那个电灯开关上的指纹，后来被证实是小五郎的，或许是因为小五郎在开灯的时候把凶手的指纹覆盖了。

这时，周围的百姓开始议论纷纷，说这起案件的凶手不是人，是鬼，一时间人心惶惶。可是警察不可能这么认为，因为还有两个学生看到了黑衣或白衣的男人，再说死者脖子上还有凶手掐住她脖子的指痕。

在一个风和日丽的午后，我和小五郎相约在白梅轩茶馆，话题自然是围绕着那起毫无头绪的案子。

小五郎说："书店凶杀案感觉上和发生在法国巴黎的RoseDefacourt有些相似，那可是一个百年谜案，至今还没有破，估计这个的案子也会变成一个谜案。"

我说："我一直以为像日本这种建筑结构的房间不会发生欧洲那样离奇的凶杀案，可是在我们眼前就有这样一宗案子，我现在有极大的欲望想考察一下自己的破案能力。"

小五郎对我的想法表示了赞同，并说他也会去调查。就这样，我们在小巷告别，看着小五郎黑白相间的背影，不知案情随着时间的推移会有怎样的变化。

10天以后，我第一次到小五郎的家里，之前我们都是到茶馆见面。我很容易就找到他的住处，就在一家香烟店的门前。我向女老板询问小五郎在不在家，女老板扭头朝着楼上喊：

"明智小五郎！"

小五郎在楼上不知哪个地方应了一声，然后赶忙跑下楼，他看到是我，先是吃了一惊，随后邀我上楼。我跟着他走到二楼，走进他的房间。

小五郎的房间布置得很古怪，就像他的人一样古怪：整个房间只有中间一块有一个小的榻榻米，其他地方都被各种各样的书籍包围，每一堆书垒起来的高度都快到天花板了，我都担心他睡觉的时候会不会被塌下来的书掩埋。

小五郎的房间实在没有什么地方可以舒展地伸开腿脚，我随便找了一本软一些的书当作坐垫坐下。

小五郎见我来了很高兴，寒暄几句之后，我们进入正题。

"书店凶杀案现在进展到什么情形了？警方好像还没有找到什么线索吧？"小五郎一只手揉着头发对我说。

"今天我找你来的目的就在于此，自从上次离开之后，我对这个案子思考了很久，并且做了现场调查，现在我来向你汇报一下我的推理结果。

小五郎露出很专注的神情，侧耳倾听。

他的这个表情让我突然有了压力，不过我还是信心十足地开始讲：

"对于案发经过我有过假设，假如凶手与死者是情人关系，可能是因为死者向凶手提出分手被拒绝，情绪失控之下杀了女主人，这可以作为一个杀人动机。凶手知道死者的丈夫每晚都会出去，所以他就趁着这个时间下手。后来为了掩盖杀人事实，凶手关灯溜之大吉。逃跑之前他看到门上的两个格子没有关，正巧这时两学生透过格子正要往里看，他慌忙之中赶紧关上拉门上的格子。

"我有一个在报社工作的朋友，他和小林刑警是好友，我了解到现在警方的调查仍然处在迷茫阶段，他们只局限于一些毫无头绪的线索，比如电灯开关上的指纹。所以，我对我自己的私人调查更充满信心和热情，猜到我得出什么结论了吗？

"关于电灯上的指纹，我做了一个实验，你这里有墨汁吗？"

说着，小五郎从抽屉里拿出墨汁。我将墨汁涂在右手的拇指上，然后拿出一张纸，按上手印。等手印干了，同样的动作我又做了一遍，只不过第二次我改变了手指的方向。这样白纸上就留下一个相互交错的双重指纹。

实验做完，我接着说："警察认为你的指纹覆盖了罪案的指纹，但实验证明这是不可能的，不可能有完全重合的指纹，所以这条线索就这样被忽略掉了。

"灯如果是罪犯灭的，那开关上面一定会留下他的指纹，如果一个警察在你的指纹线与他人指纹线之间想要寻找到证据，却什么都没发现，也就是说，抛开先后的问题，不知为什么那个开关上只留下你的指纹，而没有书店主人的，或许灯就没有人关过。

"我说这些是为了证明什么呢？

"离开之后，凶手又突然想到了留在开关上的指纹，可是再次返回案发现场风险太大，于是他就充当凶案的发现者回到现场清理指纹，这样就可以掩人耳目，瞒天过海。

"就在案发当日，还有一个问题我百思不得其解，就是两个学生看到的那个男人的衣服为什么会是一黑一白。经过我反复琢磨之后，我认为他们说的都对，因为凶手的衣服是黑白相间的，就是出租房中经常看到的黑白相间的浴衣。只是因为他们看到那个男人的时间太短，只是一瞬间，所以两个人的视觉可能落到黑白不同的颜色上，就得出了不同的结论。搞清了这个问题便让我们缩小了侦破范围。"

当这番话从我口中说出时，小五郎会有什么反应呢？我想他一定会咆哮起来或者阻止我继续说。然而眼前的小五郎此刻面无表情，泰然自若，好像要听我把最后的论证说完。

"最后一个问题就是凶手是如何进去又是如何出来的？这个问题搞不懂，前面所说的都是白费。不过，凶手的伎俩最终还是没有逃过我的眼睛。警方在案发当天的侦查没有查到蛛丝马迹，但这并不意味着凶手会穿墙术或隐身术，所以找不到证据只能证明警方的疏漏。

"我的推断就是，首先不能怀疑住在附近的人，如果凶手住在附近，他一定认为应该以特别自然的方法逃走，也就是说他会让自己看起来和平时一样，看不出有任何的不同，这样他必然会出现在一些人的视线里。所以我关注的焦点就是和旧书店相隔的旭屋炒面馆。

"旧书店右边是钟表店、点心店，左边是袜子店、炒面馆。

"前两天我去了炒面馆进行了调查，问老板晚上8点的时候有没有男人借用他们的通道去厕所？你对这个比较了解，从炒面馆的大厅可以一直走到后面，后面有一个厕所，所以凶手完全可以借上厕所的理由走出后门，然后行凶之后再从后门回来，这样就可以躲过拐角冰激凌店的视线。这是一个多么巧妙的主意！

"后来的调查结果证实，在那个时候，有一个人正好去到后门上厕所，可惜的是老板没有记下那个人的外貌特征。"

我稍微停下来，留机会让小五郎反驳，以我十足的证据，加上他目前的处境，他不可能不说一句话。但是小五郎仍然和以前一样，用手挠着头发，一副镇定自若的神情。

我终于按捺不住内心的激动，将自己的推理结果脱口而出："明智小五郎，你就是真正的凶手。虽然我心里不愿意接受这是事实，但是所有的证据都指向你，我也只能得出这样的结论！我曾努力找过周围穿黑白色浴衣的人，但是只有你一个。而且指纹的阴谋和借厕所的招数，也只有你这样古怪的人才想得出，是你杀死了你的'童年女友'。

"此刻我真希望你能为你自己提供不在场证明，但是你没有机会了，也没有这个可能！我现在希望你能够将自己的犯罪经过详细地讲清楚，然后跟我到警察那里投案自首。"

三

在我说出"你就是凶手后"，我已经在想象，小五郎被警方带走接受质问的样子，也能想象到他在监牢里绝望的表情，可是我偏偏没有想到他现在的举动。小五郎突然大声笑了起来，这笑声让我有一些胆寒。

"哈！哈！哈！你的推理实在太失败了，幼稚的小朋友。你看到的只是表象，比如指纹问题，再说这个之前，我先说说别的事情。其实这些天我一直都会去 D 坡大街观察，尤其是旧书店的周围，我问店老板很多问题，并且告诉他我认识他的妻子，这样我们的交流就会变得容易。关于指纹问题，我觉得这是一个笑话，其实是灯丝断了，根本没有人关上它，你对我的推断就是个错误，当时只是恰巧断了的灯丝又突然连接上，只留下我的指纹就不足为奇了。你说从缝隙中见到电灯是亮的，灯丝断线也就在这之后，因为灯泡老旧，所以它会自动断线。

关于我和所谓的"童年女友"的推理，你是否对这个结论进行过调查？我们以前的关系发展到什么程度，还有我们现在是否还保持联系等，这些你都做过调查吗？其实我们在小学毕业之后就再也没有联系了，我之所以没有说明，只是觉得它根本没有分析的必要。

"接下来是衣服的问题，你读过这本书吗？《心理学与犯罪》，你打开《错觉》一章看一下开头的十行。"

听着小五郎对自己的"辩解"，我已经开始意识到我先前的推论很失败。我接过小五郎递过来的书，翻到他说的那一页，上面写着：

曾经发生过一起汽车犯罪案，有两个目击证人，一个人说案发时的道路尘土飞扬，非常干燥，另一个说道路泥泞不堪；一个说汽车开得很慢，另一个说汽车开得飞快；一个说路上只有两三个人，另一个人说路上有男女老少很多的人。这两个人都是当地有名的绅士，所以不存在说谎的可能。

等我看完这些，小五郎接着说："现实生活就是有这样的幻觉，你再看看《证人的记忆》这一章。"

说着，我又翻到了这一页，其文如下：

举一个例子，前年在哥廷根召开了由心理学、法学及物理学学者参加的学术讨论会。到会者都是精通于推理的人。此时适逢狂欢节，人们都非常高兴。正当会议进行到高潮之时，突然大厅门被打开，一个身着奇装异服的人发疯一般冲了进来。紧接着，一个黑人拿着手枪追了过来。在大厅中央，互相对骂。不一会儿，奇装异服的人突然躺在地上，黑人则要站到他身上示威，然后随着一声枪响，两人都逃到大门之外。所有人都震惊了，除大会主席，没有人知道刚才的所作所为都已经被记录了下来。大会主席说，这是法庭上经常会遇到的问题，请各位将刚才的情形记录下来。结果当人们在描述刚才的情形时，写对黑人头戴什么的，40人中只有4人。关于服装的颜色，更是五花八门，茶色、红色、条纹、咖啡色等。实际上，黑人上穿黑色西装，下穿白色裤子，系着一条红色大领带。

小五郎开始说话："人的记忆是最不可靠的，这个实验正说明了人在短时间的记忆与实际情况相去甚远，所以两个学生对于服装的记忆也是不准确的，黑白的矛盾并不能证明凶手一定穿的就是黑色或白色或黑白相间的衣服。所以不一定我穿着黑白浴衣就说明我是凶手。

"最后，是进与出的问题，其实这个问题我已经想到了，我也去那家炒面馆调查过，结果很遗憾，我的结论正好与你相反，根本不存在什么借用厕所的男人。"

虽然小五郎所说的好像是在为自己开脱，但是此时的我心里已经排除了对他的怀疑。

"你有凶手的线索吗？"我问。

"有，我的调查方法与你的不同，我调查的重点在于人的内心，物质的证据有时候会将真相埋没。看到尸体最能引起我的关注的是她身上的伤痕，后来我听说炒面馆女主人身上也有同死者身上一样的伤痕。可是，她们的丈夫都不是什么凶残暴虐的人，所以我专门跑去询问书店的老板，打听到了一个奇特且非常重要的消息。"

说着，小五郎调整了一下坐姿，继续对我讲：

"现在在案件侦查方面已经开始运用心理学上的联想诊断法，就是用刺激性的语言测试犯罪嫌疑人概念联想速度的快慢，我就是用这种方法，找到了罪犯。只是我现在还没有物证，所以没办法举报他。此外还有另外一个理由，或许这个理由有些异想天开，那就是死者是自己请求凶手行凶的。"

听到这样的结论，我瞠目结舌，我无法理解他这种奇异的结论，对于此事的解释，我只能洗耳倾听。

"我认为杀人凶手是炒面馆的老板。他为了转移别人的视线，编造了男人借用厕所的谎言。其实这不是他的原创，而是我们给他的启发，因为我们都曾询问过他是否有人来过。那这个老板为什么杀人呢？其实他的背后有一个十分奇特且凄惨的秘密。

"其实炒面馆的老板是个性虐待狂，而旧书店的老板是个性被虐待狂。于是这两个病态的人开始了一个邪恶的计划，在谁也不知情的情况下发生奸情。他们强迫自己的妻子和丈夫满足自己的变态欲望，两个女人身上的伤痕就是证明。不过他们的变态心理愈发膨胀，以至于不能满足自己，所以两人便勾搭在一起，造成了这个悲剧。

"从并不凌乱的现场来看，旧书店女主人是自己主动要求的，但是这个恶作剧玩过了头，导致她最终窒息而死。"

听了小五郎的结论，我不寒而栗，这是我闻所未闻的案子。说完，小五郎将身体靠在背后的一堆书上，轻轻地叹了口气。

如今，这个案子已经尘埃落定，但是案子在调查中为何会忽略那么多重要的事实，而明智小五郎为何能抓住那些事实并转化为线索，其中的缘由值得警方深深地思考。

春天雪融时

【日】冈本绮堂

一

辰伊势别墅，挤满了围观的人。这里发生了一桩人命案。

我踏进屋内，只见八席榻榻米里房内屏风倒竖，一男一女就在这屏风内自杀了。这两人分别是辰伊势的儿子和水绣，两人都是用剃刀刺穿了自己的喉咙。我查看了一下四周的情况，没什么可疑的。这件人命案表面看来只是自杀，凶手是他们自己。但我总觉得这件事透露着古怪，越是表面简单的事，越掩藏着惊人的秘密。他们为什么要自杀？听说死者水绣跟她的女侍阿时关系很好，这件事跟她有没有关系？带着这些疑问我回到了神田家中。途中，我想起了一件事。

庆应元年（1865）正月底的一天，我从神田到下谷龙泉寺办事，下午5点时离开对方家。那时虽说是春季，但白天还是很短，特别是那天感觉更短。那天，一早醒来，天空就是灰蒙蒙的，阴暗寒冷的云影覆盖着天空，让人觉得傍晚会提早来临似的。正如所料，当时虽然只是5点，但我离开下谷龙泉寺时天色已经暗了下来，好像要下雪的样子。为了以防万一，对方有意借伞给我，但我判断这雪应该会晚会儿才下，就婉言谢绝了。但是，当我走到入谷田圃时，老天不作美，飘起了鹅毛般的大雪，我只好从怀中取出围巾，蒙头包住双颊，迎着刺骨的寒风继续赶路。

突然我耳边传来了女人的呼唤声。"喂，德寿先生，你真顽固，拜托你帮忙一下嘛。"回头一看，一个年纪约二十五六岁、长相俊俏的女子，站在一栋建筑雅致的别墅门前，拉扯着一个按摩师的袖子，想把他给硬拉回来。这个别墅也就是发生命案的辰伊势别墅。

"那个阿时大姐啊，你就饶了我吧，我今天在游廓有约啊，你找别的按摩师吧。"按摩师死命地扯着自己的衣服往外拽，但那个叫阿时的女子又将他给拖了回来。

"虽然有很多按摩师，但是我们花魁只中意你，其他的她都不喜欢，你如果不答应我，我怎么给她交代啊，你会害我挨骂的。你就跟我进来吧。"

"很感谢你家小姐的厚爱，但是今天真不行啊，我老早就有约了。"

"又胡说！最近每天都讲相同的理由，你以为我是傻子吗？别再找借口了，赶紧跟我进来吧。"

"阿时大姐，你就饶了我吧，真不行啊。"

双方僵持不下，谁也不想让步，看样子还会磨叽好长时间。我也只是把它当成一件特别有趣的事，听听罢了，没放在心上，继续赶我的路。到家时雪已经停了。接下来两天都是阴天。第三天，我又有事，又去了龙泉寺一趟。出了门看了一下天空，跟上次一样的天气。我觉得不太保险，决定带把伞。

果然不出所料，真下起了大雪。这天我也是跟上次一样过了 5 点后才往回走。这时的田野已被大雪覆盖，到处白茫茫的一片。我举着雨伞正巧走到了前些日子的那栋别墅前，碰巧脚上的木屐带断了。于是，我退到了墙边，准备修一修木屐勉强支撑回家。这时木屐踩到雪花上的声音传来，我抬头一看，原来是前些天那个叫阿时的姑娘从大门中走了出来。

"哎，雪还下得真大啊！"

那个女子边自言自语边来回踱步，像是在等人。等了一会儿，由于受不了雪花打在脸上生疼的感觉，又折回屋里去了。

由于天气太冷，手指冻得僵硬，我为了修理好木屐带折腾了好一会儿。正当我穿好木屐，准备走时，就见前方出现了前些日子的那位按摩师。他正踏着熟悉的脚步，匆匆地朝这边走来。大概是听到了木屐声，方才那名女子急不可待地从别墅飞奔而出。

"德寿先生，你终于出现了，这次一定不会再让你逃了。"

听到叫唤声，按摩师先僵硬地停住了脚步，然后想急忙离开这里。没想到那女子比他还快，立即拉住了他。这次按摩师还是找各种理由拒绝，而那女子依旧固执地非他不行。这种事屡次出现，引起来我的好奇，就装作修木屐，想看看事情到底会怎样发展，结果，按摩师还是坚持说不行，强行挣脱那女子，逃也似的离去了。

"真拿他没办法！"

女子边抱怨边走进了别墅。待那女子的背影一消失，我立即追赶刚走不远的按摩师，从背后叫住了他。

"德寿先生，请等一下。"

听到背后有陌生的声音叫他，他停住了脚步，我赶快往前走，追上了他，然后我们并排走着。

"这几天一直下雪，这雪下得真不像话。"

"是啊，这几天天气也逐渐冷起来了啊。"

"对啊，现在连穿过这片田野都挺费劲的。这样好了，前面有家荞面馆，我们到里面吃点东西，暖暖身子再走，你看，怎么样啊。"

"行，行，大爷让您破费了。要穿过这片田野，如果不喝点，还真有点困难。那先谢谢大爷您了。"

走到一町，看到了荞面馆。我和德寿拍了拍身上的雪花，掀开面馆的门帘，弯身走了进去，一进屋立即往方形火盆奔去。烤了一会儿，感觉暖和了点，我叫了一碗加料的荞麦汤面、一瓶小酒。德寿闻着荞麦面热腾腾的味道，整张脸情不自禁地露出了笑容。

二

我们俩围着火盆，烤着热火，吃着热面，喝着小酒，隔着门帘，望着鹅毛般的雪花飘落，在昏暗的灯光的照射下，别有一番滋味。待酒喝得差不多了，我才开口。

"德寿先生，刚才你跟别人说话的别墅，它的主人是谁啊？"

"哦，那是游廊里头辰伊势妓院的别墅，大爷您刚才也在啊！完全没察觉出来啊，哈哈哈。"

"那里面的主顾应该出手很大方啊，你为什么总找借口拒绝呢？"

"呵呵呵，不是她们不给钱啊，而是，每次我去时总感觉别墅有点恐怖，好像有什么不干净的东西。"

"恐怖？不干净的东西？该不是别墅闹鬼吧。"

"虽没听说别墅闹鬼，但我每次一看到那别墅，就感觉发怵，所以每次一被叫住，我就想赶紧逃开。"

"这就奇怪了，别墅里到底有什么可怕的东西呢？"我笑道。

"我也不清楚。由于我眼睛看不见，不了解周围的情况，但每次按摩时，总感觉有什么可疑的东西坐在我身旁，好像在往我衣领内灌水呢，起了一身的鸡皮疙瘩。"

德寿为什么感觉辰伊势别墅恐怖呢？我百思不得其解。一会儿酒喝完了，我又要来一壶，打算继续问下去。

"这事，具体的我也说不清楚，"德寿皱眉说道，"但每次我到里房为花魁按摩肩膀时，就好像有人在旁边的感觉。由于我每次去按摩的时间通常不是夜里就是傍晚，感觉特别灵敏，再加上那人就像幽灵一样从头到尾一句话都不说，整个房间静悄悄的，连呼吸声都听得到，每次我都感觉特别恐怖。所以每次阿时大姐叫我去别墅时，我都会找各种理由避开。"

"是谁住在那别墅啊？"

"是一个二十一二岁，名叫水绣的花魁。听说她长得特别漂亮，再加上年轻，赚的钱非常多。但不知道什么原因，这个花魁不接客了，一直在别墅休养。这事好像是从去年霜月开始的。"

"从去年年底到现在时间还挺长的，她都不接客，应该得了很重的病吧。"

由于德寿是盲人，具体情形他也不知道，只能凭感觉说不太严重。似乎花魁只是无精打采，时起时卧，没有其他大毛病。

谈着谈着，天色也越来越暗，雪还是下个不停，最后我和德寿在雪中分开了，各回各家了。

现在想想，这件事应该跟前几天发生的命案有关。但究竟有什么关系我也没搞清楚。

命案发生的第二天，我派人到浅草的马道把我的手下庄太叫了过来。

"庄太，最近在游廊里头发生了一桩命案，听说了吧。这游廊里头是田町捕吏重兵卫的地盘，我不方便插手，你就帮我跑一次腿，查一查游廊内的江户町家辰伊势，顺便查查那妓院一个叫水绣的女人的身世背景。"

"那个叫水绣的花魁不是住进了别墅养病吗？"庄太一副啥都明白的样子。

"老实说，这次命案有几个地方我不明白。我想让你帮我查查这个花魁有没有情夫，或者有没有人对她怀恨在心？要不为什么会无缘无故地自杀呢？"

"知道了，头儿，保证两三天内就搞定。"

离庄太离开那天已经四五天了，庄太依然没出现。那小子究竟在忙什么，我内心很疑惑，但也没办法，只能慢慢地等。在这过程中，我也不是无事可做，我总觉得那个叫阿时的女侍应该知道点什么，我就私下跟踪她。

我发现她经常跟一个男的私下见面。有一次，我跟踪他们到了上次我跟德寿吃饭的那家荞面馆。那天的情形是这样的。

那天我到上野的山下办事，本来打算马上回家的，但临时改变了主意，就往入谷田圃的方向走。前几天一直下雪刚放晴，气温冷冽刺骨，路面开始融雪，我小心地走着，等我到辰伊势别墅时，天已经黑了。凑巧看到阿时从大门里走出来，我就跟在她后面。然后，我看到她走进了那家荞面馆。

仗着她不认识我，我也钻进门帘。一进里面，就见一名男子坐在阿时的对面。那男子披着蓝底五彩条纹裃子，里面缠着一条窄幅腰带。我一看到他身上的打扮，就知道这男子一定不是正派人。他年纪大约二十五六岁，肤色浅黑，是个地道的江户仔。他们俩似乎约在此地见面，正在喝酒。我坐到角落，随便要了几样酒菜。

这对男女有时斜眼瞧一下我，但似乎并没把我放在心上。两人亲热地伸出双手，在火炉上烤火取暖，不时地低声交谈。

"事情发展到这地步，似乎也没别的办法了。"阿时说。

"难道我必须出面才行吗？"男子不满地说道。

"事情再拖下去，万一到了不可收拾的地步，那时我们可是赔了夫人又折兵。"阿时低声恐吓道。

三

接下去，他们谈论的内容似乎越来越机密，两人都压低了声音。我虽在咫尺，但半个字都没听到。心里虽然非常想知道他们在说什么，但也只能静观事情发展。不一会儿，两人商量完毕，付钱离开了。

待他们走了后，我也站起身来去付钱。

"老板娘，刚才出去的那个女人，是发生命案的那家辰伊势别墅的阿时大姐吧。"

"是的。"

"她身边那男子是谁啊？"

"那人叫阿寅。"

阿寅，我心里默默记住了这个名字，然后也离开了那里。

在我这边事情有进展的同时，庄太终于露面了。

2 月初，庄太突然来访。庄太是由于他们家小孩出麻疹而耽误了事情。

"小孩，要不要紧啊？严不严重啊？"我关心地问道。

"还好，发现及时，不太严重。"庄太说，"头儿，有关辰伊势的事，大致都查出来了。"

据庄太的报告，往昔辰伊势在江户町算是大户人家，不过在安政大地震之后，人们便认为辰伊势是不祥之地，生意也逐渐衰落，因为大地震时老板将自家游女锁在地窖，结果全部活活被烧死。现在辰伊势当家的是今年 20 岁的永太郎，但老板娘阿卷在幕后帮忙。阿卷与过世的丈夫不同，古道热肠，世人对她评价不错。依靠着辰伊势在吉原的老字号，再加上拥有其他地皮和出租房，所以还撑得起门面。

水绣，今年 21 岁，生于下谷的金杉，是辰伊势的名妓，排行第二。大家都觉得她为人处世八面玲珑，跟大家相处得都挺不错的，很少有八卦消息传出，更没有听说谁是她的情夫。去年 11 月鹫神社祭典过后，便一直在入谷别墅养病。水绣酗酒很严重，喝得简直不像个女人，大家都传说她大概因酒毒伤了肺。

光凭这些，我还一时没有头绪，无法做出判断。

"今天我老伴不在家，改天再去探病。只是，小孩生病的话，你手头也不方便吧？这点儿先拿去吧。"

我给了庄太一些钱，又叫他吃过中饭再走，庄太欣然接受，留下来吃了鳗鱼饭。吃饭时庄太又给我提了另外一件事，这件事使我终于摸到了头绪。他跟我提起了一个女孩。

"这女孩，年纪大约十六七岁，长相漂亮，声音甜美，在游廊内相当有名，轰动一时。最重要的是她也是从金杉来的。她每晚在吉原街角卖卦签。但后来不知什么原因，从去年年底就不在那出现了，就好像她从来没出现过一样。一些无聊喜欢说三道四的人就说她被别人包养了，跟人私奔了。这件事引起了田町的重兵卫的注意，最近他们好像得到什么线索，正命令手下到处搜寻那女孩哩。"

"是吗？"我想了一下，这女子跟水绣来自同一个地方，不会有这么巧的事吧，她不会跟这件事有什么关系吧。"田町的重兵卫眼睛还真尖，在自己辖区内真负责。那个卖卦签的女孩很漂亮是吧？十六七岁……唔，的确是容易出事的年龄。她叫什么？"

"听说她叫阿金。头儿，你是不是有什么想法啊？"

"突然有些灵感，不知道管不管用。但现在当务之急是我们到金杉走走，说不定就有了新线索，待会儿就辛苦你陪我走一趟了。"

"没问题，头儿。"

吃过中饭，天气暖和起来，我们两人马上动身前往金杉。

途中，由于水绣和阿金老家都在金杉，我开始犹豫到底先到哪家去。最后决定还是先到那个卖卦的阿金家。

"庄太，你知道阿金家怎么走吗？"

庄太回说不知道。由于事先我们已经做好了克服困难的准备，这点小事又不算什么，就决定先往金杉方向走，到了再说。半途我突然停住了脚步，发现了一个熟人。

"喂，德寿先生，你怎么在这啊？"

听到有人叫他，而且这个声音还耳熟，按摩师德寿歪着头想了一想，记起来这个声音正是前些日子请自己吃面的大爷的声音。德寿频频跟我道谢。

"今天天气不错啊，大爷，您这是准备去哪啊？"

"能在这里碰见你，真是幸运啊！我记得你家好像也住在附近，是吧？我想打听一下，你认不认识一个叫阿金的卖卦女孩儿，知不知道她家住哪啊？"

"知道啊，我跟阿金是邻居，但是现在她不在家啊，从去年年底就没见到人了。"

"她家不可能就她一个人吧，总会有亲戚吧。"

"大爷，实不相瞒，她确实有个兄长，但奇怪的是阿金失踪半个月左右，她这个兄长也不见了。她这个兄长叫寅松，不是个正派人，整天游手好闲，还爱赌钱。听说有一次赌输后，跟赌场的人发生了冲突，当场打了起来，伤了对方，为了避开麻烦，逃跑了。现在阿金家空无一人，但听说这两天好像有人要搬进去。"

我暗忖着，原来田町的重兵卫命令手下追踪的不是阿金的问题，而是与这寅松有关的事情。寅松，这个名字好耳熟啊，在哪听过呢。哦，想起来了，那天在面馆跟阿时见面的男子就是这个寅松。寅松跟女侍阿时有关系，还是失踪的阿金的兄长，看来找到寅松所有的问题就会迎刃而解了。

还有个问题我还没搞清楚。

"对了，德寿先生，我一直想问你，为什么花魁这么看重你，按摩非你莫属，我猜不光是因为你按摩技术好吧？是不是还有其他理由啊？"

"嘿嘿……"德寿只是扬扬得意地笑着。

四

我和庄太互望一眼，然后便把德寿拉到左侧巷弄。这里位于柳原家宅邸与安乐寺之间，放眼望去是一片广阔田野，四周寂寥无人。我向德寿亮出了自己的身份，威胁他老实点，继续问他刚才那个问题。

德寿知道我的身份后，脸色一下子变得苍白起来，整个身子跟缩了水一样，整个地垮了下来，老老实实地把他知道的都讲了出来。

原来他之所以受花魁重视是因为暗中替花魁传递书信。而他传书的对象竟然是辰伊势的少爷永太郎。从前年秋天开始，水绣就偷偷地与辰伊势少爷永太郎私会。但是游廊禁止游女同自家妓院的人发生恋情，他们害怕风声走漏，事情会一发不可收拾，所以水绣经常托词休养，避居入谷别墅。永太郎就趁水绣养病期间前去幽会。老板娘心肠好，加上水绣是当家名妓之一，所以辰伊势也就睁一只眼闭一只眼，任由水绣到入谷别墅养病。这事的来龙去脉只有女侍阿时心知肚明，其他人一无所知。

由于少爷永太郎现在当家还有很多事要做，不能经常去看在入谷别墅休养的水绣。水绣只要两天没见到永太郎，就心烦气躁，派人送信叫情郎相见，而德寿就是他们的信差，怪不得他如此受花魁的重视。

"既然他们如此重视你，你为什么却推三阻四的呢？是不是怕受到牵连？"我又问道。

"那是原因之一，但老板娘心地善良应该不会太为难他们，我不愿意再去别墅的最主要原因还是我上次说的，我觉得别墅很恐怖。"

"那辰伊势最近有游女去世吗?"我又问道。

"没听说过,现在的老板娘和少爷心肠很好,对人和善,从没听过他们虐待游女,也没发生什么游女情死的事。"

听完德寿的话,我一下子豁然开朗了起来。我嘱咐德寿要保密,才与他分手。

回家后,我立刻遣人把阿时跟寅松抓了过来。

"你们还不老实招待是如何杀死水绣和永太郎的经过?难道非要我动大刑吗?"我威吓道。

两人一听立马跪下,不断磕头,不断地说:"大人明鉴啊,我们是冤枉的啊,我们没杀人。"

"你们还真是不见棺材不落泪啊,那好,我问你们,寅松最近哪来这么多银两?"

原来去年将近年关时,曾经不声不响消失的寅松回来了。这次回来,寅松好像发了一笔横财,性情也变了。

以前,他是众人皆知的赌徒,每逢中元或岁末,从来没到过双亲的坟墓,也没添过香钱。但这次回来,不仅到寺庙烧过香,还留下了 5 两金子,让住持给他爹娘念经,更奇怪的是他还要求住持给他妹妹烧香祈冥福,就好像早知道他妹妹去世了。

他们听到我的问话一下面无血色,面面相觑。

"你们是不是由于阿时要被解雇了,就加紧了谋财害命的步伐?"我又紧逼地问道。

上次跟德寿分手后,我又找过德寿一次,把德寿叫到上次说话的地方。我问他有没有再去辰伊势的别墅。

德寿说他没去，而且他还说到最近辰伊势别墅里头好像不太平静，阿时大姐已经被开除了。所以，我就猜测是阿时被开除加剧了事情的发展。

他们俩最后在我的紧逼下不得不说出事情的真相。

原来是那个阿金的卖卦女孩不知什么缘故，竟然和永太郎发生了关系，这件事被水绣知道了，水绣是真心喜欢永太郎的，她被嫉妒心蒙蔽了，决定教训一下阿金。她吩咐平素就与自己交情匪浅的女侍阿时，让她趁阿金深夜自游廓回来时，把她强拉进别墅。水绣对阿金骂了许多恶毒的话，还做出非常残酷的事。水绣不但狠狠地又骂又拧，最后竟用自己的细腰带将阿金绞死了，水绣以为这事没什么大不了的。

但有件事是水绣不知道的。阿时和阿金很早就认识了，而且阿时与阿金的哥哥寅松早就有关系。当她知道阿金被绞死时，大吃一惊，但同时她相当精明，事情发生后，她就马上把寅松叫了过去，向他说明了事情的来龙去脉，并说如果愿意保密，可以得到一笔相当多的钱作为封口费。寅松本来就不是个好人，听到自己妹妹被杀，只是一开始被吓了一下，但一听有钱可拿，再加上情妇求情，就决定不替妹妹报仇，假装什么也没发生。寅松就在别墅地板挖了个深洞，草草地把自己妹妹的尸体埋了。

给他们钱的正是永太郎本人。事发后的第二天，水绣就向永太郎坦白了一切，说因为自己的嫉妒，杀死了阿金。还说假如永太郎认为她做错了，可以随便处罚她。永太郎当时吓得浑身发抖，一点主张都没有。一方面，他认为自己也有错；另一方面，他怕这事传出去后有损辰伊势的名声。结果，永太郎只能默默地拿出 100 两金子，这还是瞒着老板娘的。他们以为这事就这么完结了，但没想到，这是无底洞。

寅松拿到钱后，就又去了赌场，不一会儿，就输光了，还打了对方，最后无法在地方上待了就逃跑了。逃之前，可能由于良心不安，他就到自家寺院捐了 5 两金子，让住持给妹妹念经。之后逃到了草加，藏了 1 个月，但由于不习惯，忍受不了那里的生活，他就又偷偷地逃了回来，偶尔向阿时敲诈点零用钱花，到处晃荡，结果让田町的重兵卫盯上了，他跟阿时的关系才暴露出来。重兵卫考虑到要是拘提阿时做证人，会伤到辰伊势的声誉，所以事前暗示老板娘，要老板娘辞去阿时，没想到阿时不肯老实辞职。

阿时凭着手中握有永太郎和水绣的把柄频频向两人恐吓要挟，让他们拿出至少两三百金子，否则决不善罢甘休。永太郎根本拿不出那么多的金子，更何况他还是寄人篱下，就算两人倾家荡产，也无法拿出那么多的金子。两人束手无策，再加上辰伊势老板娘害怕捕吏随时会上门抓人，损害辰伊势名声，就催着阿时赶紧离去。阿时便搬来情夫寅松当援兵，暗地恐吓水绣和永太郎，说如果不肯听从他们的条件，就要向衙门密告水绣杀害阿金的事。水绣和永太郎走投无路，只好决定一起自杀。这就出现了开始的一幕，双双死于八席榻榻米里房内。

这件命案终于被破解了，但还有一点不大清楚，那就是德寿为什么总说他觉得有什么东西坐在水绣旁边？为什么总说别墅让他觉得很恐怖？

我猜有可能是辰伊势别墅的地板下埋着阿金的尸体吧，因为这种事总是很难解释的。

背后之光杀人事件

【日】小栗虫太郎

一

"丁零丁零……"清脆的电话铃声划破了法水麟太郎家中的寂静。

法水麟太郎是目前顶尖刑事律师，更是前搜查局局长，现已隐退于家，平时极少有人联系，今天清晨却突然响起电话，令空气中隐约飘动着一丝不安的气氛。

"你好，我是法水麟太郎，请问有什么事？"

"先生，您好，我是检察官支仓，我的同事熊城卓吉搜查局长遇到了棘手的案子，十分需要您的帮助！"

"什么案子？大致描述一下情况。"

"7月16日晚上，就在昨晚，普贤山劫乐寺的住持鸿巢胎龙被发现暴毙于寺中，虽然昨晚熊城先生已进行过初步调查，却毫无头绪，因为案件实在令人匪夷所思。"

"鸿巢胎龙？我对他有所耳闻，就是那位放弃画坛的位置，人送外号'坚山画叟'的住持大师，我有位朋友叫雫石乔村，是他的邻居，我在他家就曾俯瞰过劫乐寺中的池塘。对了，如何令人匪夷所思了？"

"这……您到案发现场就知道了。"

法水知道熊城卓吉十分优秀，独立解决了不少疑案，今日突然求助，看来案件的确是个难题，而且他的好奇心也被勾起。

"好吧，我答应你。"

"法水先生，实在太感谢您了，您现在有空吧，我马上接您到案发现场。"

半小时后，法水与支仓来到了劫乐寺，劫乐寺风景很秀丽，位置就在小石川清水谷下面高高的台子上，各种苍劲挺拔的树木围绕在旁边，最多的就是樱花树。虽然景致真的很不错，但现在不是欣赏的时候，他们首先需要做的就是调查案发现场。

"在哪发现的尸体？"法水先生边走边问。

"鸿巢胎龙的尸体是在药师堂后方被发现的，药师堂在本殿里面，堂前被杉树林包围，是寺庙里的荒凉之地。来……这边，到本殿了。"支仓回答。

法水跟着支仓，边走边观察沿途的环境。

一块3尺长左右的方石板整齐地铺在本殿的旁边，组成了一个卐字形，从药师堂一直绵延到案发地点。案发的地方是一个已经荒废了的庙堂，大概有4坪大，庄严肃穆的玄白堂匾额高高地挂在门口的正上方。走入庙堂可以看到，地面上并未铺石板，只有一层细细的沙土，入口简陋得连拉门都没有。庙堂显得有些灰暗，都是因为堂前的杉树把阳光全部挡住，而庙堂四周没有栽种一棵树。庙堂的天花板上尽是蜘蛛网，想必很久没有人来打扫了。堂中央，立有一尊伎艺天女雕像，暗淡的光芒中，雕像也灰暗不清，更显得诡异。雕像旁竖立着一块大石头，衬得整个庙堂更加阴森。

"啊，法水先生您终于来了，虽然我苦苦调查了一夜，但真是一点进展也没有，现在您就是我们的希望了！"法水与支仓的身后突然传来响亮的声音，转头一看，一个五短身材穿着警察制服的警官站在他们面前，原来是搜查局长熊城卓吉。

"还有熊城卓吉搜查局长解不开的谜题？"法水先生打趣道。

"那是您不知道，那具尸体有多奇怪！"熊城将法水带到尸体前。

"哦，这……"

"法水先生，你眼前所看到的一切就是刚发现尸体时的状况，我们保存得很完好。"

看着这具尸体，法水努力让自己镇定。尸体已经完全僵硬了，没有一丝温度。尤其是他的姿势非常奇怪：后背靠着那块大石头，面对天女雕像而坐，神情极其严肃，他的两只手贴合在一起，还握着一串念珠，就像参佛一样庄严。死者的年龄是50多岁，身高是5尺左右，身上是紫色的袈裟，脚上是白色的棉布袜。他的左眼已经瞎了，完好的右眼是睁开的状态。

"致命伤是什么？"法水先生蹲在死者面前问道。

"据法医检查，位于颅顶骨和前头骨的接合处的那个位置是致命伤，形状为圆形，有可能是被这个形状的刀子刺了进去，伤口一直深入到头盖骨的内侧，经测量长度居然有0.5厘米之深，周围的骨头很完整，没有发现碎片。

"最令人奇怪的是，头骨上有一条长长的裂缝，裂缝沿着刀锋向外延伸，一直到两边的楔状骨。头部上没有向外溅出的血液，只在伤口处呈现火山状。另外，死者的身体上再没发现伤口，而且衣服干干净净，没有染上一点血迹，甚至一点污渍。只是身体着地的部分，有少量的泥土。"

熊城表情沉重地介绍道："另外，庙堂里很整齐，没有发现打斗过的痕迹。最关键的是我们没发现凶手或者死者的指纹。"

"死亡时间呢？"法水问道。

"大概是在昨晚 8 点到 9 点之间。我们在死者的伤口里发现了白蚁，推算一下，10 个小时之前，白蚁正在结群出现。"熊城卓吉将尸检报告读完，又加了一句，"感觉如何？这个尸体是不是非常不符合常理，像不像是一尊雕像？"

"的确像，不过这有什么好大惊小怪的，比这更奇特的死亡姿势我也见过。"法水挺起弯下的腰，嘴里嘟哝着，"不过真的很奇怪！为什么他身上干干净净，连点灰尘都没有。另外，他的右眼是怎么瞎的。"

"这还需要调查。"

"发现凶器了吗？"

"目前没有。不过有一双死者穿过的木屐，那边的脚印估计也是死者留下的。"熊城从警员手中接过一双木屐，将法水和支仓带到庙堂右边的这里，在这清晰可见一排脚印，一直到大石头的旁边，木屐就是在这个地方被找到的。

"按我看，死者的体重和这个脚印并不相符。这个脚印明显要深很多。"支仓一边对脚印进行测量，一边说道。

法水此时开口了："可能是晚上人的体重要稍重一些吧。"

突然，法水似乎想起了什么，把卷尺放在了脚印旁，把它捋直，然后又往左手边滚了一下。

"说说看，你认为案发的第一现场是哪儿？"法水问熊城。

"我们猜测就在这里，估计死者先是把脚上的木屐脱了下来，爬到大石头上，然后再爬了下来，这时凶手就趁机将他杀害了。不过很奇怪，尸体怎么会是那种姿势，其中肯定有什么秘密手段。"熊城说出了他努力了一晚上所想到的推断。

"嗯！的确有什么了不得的手段，你看那死者所受的伤看起来令人毛骨悚然，按理死前应该痛苦万分，但他双手合十，表情沉重，一只眼睛失明，衣物穿戴整齐。看来这位狡猾的凶手在死者死后，也就是身体僵硬之前的这段时间当中，一定运用了许多秘技，却没有留下一点作案痕迹给我们。"

支仓对熊城点点头。

此时法水只是低头检查着尸体，他的卷尺又派上了用场。测量完毕后，法水肯定地说："经测量，死者的头有 65 厘米之长，属于偏大的那一种，如果他要戴帽子，大概会是 8 寸吧。被人在头部开洞，想必一定很痛，但是死者没有挣扎的痕迹。所以，死者应该是被一击致命。凶器可能是非常锋利的雕刻刀，或者相似的东西。凶手很残忍也很巧妙，他瞄准了头部一个柔软的接合点，刺了进去。这样就能解释没有挣扎痕迹的事情了。"

"啊，当场死亡，也就不会有挣扎，面部表情才不会扭曲，衣着也不会脏乱。"熊城惊呼。

法水笑了笑，继续说：

"证据有三点，第一，脑部的骨头是很硬的，当锋利的雕刻刀与之相碰撞时，一定会造成伤口四周小面积的骨折，而且伤口也应该是不规则的，但是我们没发现这类现象；第二，伤口几乎是标准的圆形，而裂缝的纹路如此规整，造成这个伤口应该是用了很长一段时间；第三，凶手的手法也值得研究，他居然能准确找到接合处，并准确插入，真的很高超。"

"您说的似乎很矛盾啊。"支仓挠了一下脑袋说，"照您这么说，死者应该是更痛苦才对。

还不等法水回答。熊城插嘴了："有人看见两个胎龙！就在昨晚的 10 点钟，胎龙的小老婆柳江在药师堂看见过他，那时胎龙正在专心祈祷。"

"她和胎龙说话了吗？"

"没有，她只看到一个背影。"

"这可真的很奇怪，说不定是凶手假扮的，或者那个女人看到的是尸体的背影。又或者胎龙真的 10 点钟还活着……"法水抬头看着远处，继续说，"你还了解到些什么？"

二

熊城开始原原本本地讲述他了解的一切。

"大概是昨晚 8 点，胎龙来到了药师堂，焚烧护摩木进行祈祷，除柳江在 10 点左右见过他的背影，就再没有人见过他了。然后就是清晨 6 点半，寺里一个叫浪贝久八的杂役出来打扫，发现了胎龙的尸体。寺庙基本是封闭的，只在最近有一个药师佛的典礼。另外，我也仔细探查过，没有别人闯进来的痕迹。"

熊城此时咳嗽了一声，大声说：

"经过我了解，胎龙已经 3 个月没有出过寺庙，他这个人很寡淡，不喜欢与人来往，应该不会有什么仇人。我想，凶手一定是寺中人！"

"我当然知道凶手是寺庙里的人。"法水胸有成竹地说，"等等，你说胎龙有 3 个多月没出外见人了！3 个月……3 个月啊……"

"你想到什么了？"

"哈哈，我想我找到了一片骨头，说不定他能支撑起案件的整个构架。"

"骨头？"

"这根骨头包含了大量的真相，还有凶手的那些杀人技巧。"

"什么杀人技巧理论？杀人不就是分故意杀人和过失杀人嘛，这肯定是故意杀人，这么精密的布局……然后就是动机、作案时间、地点、手法，什么技巧？我不明白。"检察官支仓睁大了眼睛，"而且我们应该已经查出所有的线索了，没您所说的什么杀人技巧理论。"

"你们没有察觉到3个月代表什么吗？3个月是一个并不短的时间段，它可以改变一个人的思维、想法和意识啊，杀人凶手就是利用这3个月的时间制造了独特的杀人技巧理论，用这理论改变了死者的部分意识。"法水指着尸体的脸说，"你们还没明白嘛，答案很明显，就是死者的脸。你们看，胎龙在遇害时的表情很特别吧，没有痛苦，相反倒是有点殉葬者的神圣。支仓，去年的时候，你从国外回来，带给我一张西斯丁教堂的明信片，上面画着米开朗琪罗的名作——《最后的审判》。看看胎龙的表情，再看看那张明信片，有没有相似的感觉？死者面部的状态就昭示了这些，这就是凶手所制造的杀人技巧理论，令死者脸部表情察觉不出痛苦与挣扎。"

"啊，我明白了！"支仓与熊城异口同声道，"催眠术！"

"不，应该不是催眠术！催眠术是一种新兴的并且十分神秘的'法术'，它才刚被正式研究应用，能熟练掌握的人不多，而且人类大脑的复杂性是我们难以想象的，要将催眠术运用到一位身体健康、意识坚定的人身上，并实施时间长达 3 个月之久，中途没被发现，这种可能性不大。因此这杀人技巧理论，应该是从宗教方面对死者思想产生的影响。"法水先生否定了他们的猜测后，详细地阐述了自己的观点。

"根据观察，尸体脸部表情毫无痛苦可言，这是非常反常的，在什么情况下才能令一个人死亡时无痛苦可言呢？那就必须要让他认为死亡是一种解脱，或是理所应当的！而怎样令他有这种认知，这就必须在杀害他的肉体之前，先杀死他的精神。那该采用什么手段呢？利用曲颈瓶？力学理论？或是对脑部解剖引起变化？当然这都很不现实，最后我只能想到让死者产生精神障碍，认为自己确实该死，然后走进凶手的圈套，按照凶手设置的方式死亡，当然也不会向他人呼救。这个过程就是熊城先生所说的秘密手段，也就是我说的精神恍惚。在经过漫长的准备终于达成了凶手的愿望，让胎龙的精神状态变得非常态后，再让胎龙在遭到迫害时不加反抗。也就是说，要想获得真相就必须找出凶手杀死胎龙精神的方法，凶器也隐藏在其中了。"

"嗯，有点懂了！"

"我也是，懂了一些！"

熊城和支仓接连惊呼。

"不过现在我也有一个疑问，为什么死者会双手合十呢？是他自己摆的，还是凶手摆的？如果是凶手摆的，那必须要争分夺秒，一旦身体僵硬则动不了了。而且为什么要摆这个姿势呢，这个姿势说明什么问题，有什么含义，我们是否可以从中得到点什么信息？"

熊城自从听法水分析杀人技巧理论后便云里雾里，好不容易明白后现在又开始一头雾水，"呃呃呃……真是一波未平一波又起啊。"

"你们过来一下。"支仓检察官在佛像旁招招手，"你们看，在雕像的头部从上数大概5寸的地方，右侧的位置和左右两边的木板相连，这条直线是不是正好可以与尸体颈部的第三个节穴的位置相接？"支仓边比画边说。

"你是想说凶手有可能在这里安装机关，既能杀死胎龙，还能保持尸体短时间不僵硬，并产生双手合十的姿势？"法水探头观察着。

"当然，这只是我的猜测。"

"也许你是对的，看，这些蜘蛛网都破了，"法水看看支仓，然后又看了看熊城，说道，"我们现在去询问寺庙中的人员吧，也许从他们口中可以知道些什么。"

"我恐怕你要失望了，我整整审问了一晚，我只发现一样可疑的东西，那就是厨川朔郎屋内的一把雕刻刀。

"这个人是谁？"法水问。

"哦，他是一名学习西洋绘画的学生，与胎龙住在一起，其他的几乎找不出对侦破案件有用的信息，他们每个人都表现得与此事无关，就连那被发现持有雕刻刀的学生也镇定自若，虽然我认为他很可疑。"

"是吗，那我们就先去看望一下厨川朔郎吧，请熊城先生带路。"

"那我们返回本殿吧。"

一行人来到本殿，左侧有一处拉门，拉开后，一间4坪大的房间出现在眼前，地面铺着黑亮木板，穿过这里并绕过回廊之后，就来到厨川朔郎的房间。

"咚咚咚……"支仓敲了敲紧闭的门，"不在？"

"你好警官先生，你找厨川朔郎吗？他已经搬到柳江夫人的书房去了。"一名僧人从远处走来，停在他们面前说道。

"哦，谢谢，我们需要检查他的房间，稍后我们就去找他。"说着三人来到房中。映入眼帘的是一座大立钟、一些西洋绘画的用具，还有摆放的书籍，一台盖子有些破损的留声机，三人仔细找了找，的确没什么线索。"算了，"法水摇摇头，"我们还是当面询问吧，还请熊城先生继续带路"。

书房很近，由餐厅出来，经过回廊，再左转，一直走到走廊的尾端就是，隔壁是仆役浪贝久八的厨房，两房之间只隔了一个小院子。这个回廊四通八达，连接了很多房间，可以一直通到本殿出口，也就是说，厨川朔郎可以通过走廊从自己房间去到任意一个房间，当然也包括药师堂，加之在他房内所找到的雕刻刀，所以熊城先生一直对他持怀疑态度。

"警官一定要相信我！胎龙住持真的不是我杀害的！"法水被突然冲到面前的青年吓了一跳，只见他穿着工作服，年龄在 24 岁左右，发型是典型的美术系学生，身上有点贵族气质，但身材十分壮硕。"啊……您是法水先生吗……？法水先生，我一直都在等您，因为只有您才能表明我的清白，请相信我，这事真不是我做的！不就是在我房里找到一把雕刻刀吗，还有从我房里可以很方便地去药师堂吗，但雕刻刀并不难买呀，再说我刚好也丢失了一把雕刻刀，有没有想过可能就是凶手偷的？而且我这里又不是通往药师堂的唯一途径，凶手一定不会这么愚笨的！"

"请你放心，如果你是清白的，自然不会有人为难你。我们先来书房里看看。"法水拍拍这个年轻人的肩膀，显然面前的青年就是学生厨川朔郎，而身边的熊城先生则翻了个白眼。

书房里挂着奇怪的装饰——扮成土蜘蛛的尾上梅幸的毽子板！在梅幸的右手上，延展出 10 多根的蜘蛛丝，泛着银色的恐怖的光，蜘蛛丝的尾端连接在旁边大立钟下的木质窗户上。

"怎么会有这么些蜘蛛丝？"法水想到了案发现场的蜘蛛网。

"哦，这是柳江夫人去年年底要我帮她做的，我用外包银纸的软线制成的，怎么样，逼真吧？"朔郎有点得意扬扬。

"这么说来，你应该也会画布景吧？"

"是的。"

"可以说说案发时你在干什么吗？"

"我记得昨天我从学校回来时，肚子很饿，想快点吃饭，所以特意看了下时间离饭点还有多久，想不到却只有 4 点，之后我就待在房里看书，直到 7 点有人叫我吃晚饭才离开房间，大概 9 点，我去参加蒟蒻阎魔的祭典，10 点多回来的。"厨川朔郎条理清晰、面色泰然地陈述完毕，的确找不到任何破绽。

"当……！"是报时的声音，原来已经 0 点 30 分了。

但是，法水注意到，大立钟上面的时间是 0 点 32 分，这是因为这种时钟没有半点报时的设置。

"你来劫乐寺多久了？"法水随口问道。

"两年多……快三年了。"

"那你有没有发现胎龙住持最近有什么异样？"

"其实一直都有异样……"厨川朔郎突然把声音压低,"住持与夫人的关系一直都很冷淡,根本不像是夫妻,而且……"他顿了一下,好像是为了勾起大家的兴趣,悠悠地说,"今年的确更为奇怪,今年住持的生活越发寂寞,大概从 3 月起吧,他就变得魂不守舍,常常忘记东西,还总是在发呆的状态。最奇怪的是,他会做各种稀奇古怪的梦,也给我讲了一些。比如,他的身体里住着一个矮个子的人,有一天突然跑出来了这个矮个子的人会帮别人挤痘痘,还会剥下脸皮珍藏起来……"

三人听到这都面面相觑,梦这回事说不清道不明啊……

三

对厨川朔郎的询问很快就结束了,"你们刚刚应该都有听到厨川朔郎说胎龙住持从 3 月就经常魂不守舍吧,现在是 7 月,持续时间正好是 3 个多月,其中有什么奥妙?"支仓检察官提问。

"这意味着住持从 3 月开始就不怎么出门,也不知道是不出门才中了这秘密的手段,还是中了这秘密的手段才开始变得不出门。"熊城回答。

"熊城局长,你竟然理清了一些事嘛,我还以为你只想依靠法水先生了,哈哈……"

熊城先生和支仓检察官站在屋中央交换自己的想法,法水则在认真地观察着土蜘蛛的贴画。突然,他伸起自己的一只手摘下了土蜘蛛右眼的眼膜,"我说怎么亮晶晶的,你们看,用这么贵重的云母做眼睛,真是暴殄天物。咦?左眼怎么没了,怪了……"

"法水先生，您又发现什么了？"

"没什么，我在想其中会不会有关联。好了，我们还需要去询问一下其他人。"

话音刚落，有人进来了。

"是柳江夫人啊，这位是法水先生，这位是支仓检察官。"熊城分别向他们介绍。

这位柳江夫人全身黑衣，脸上的泪痕还在，却看不出一点悲伤。作为刚失去丈夫的女子，她的冷静让人感到恐惧。

"对于此事，我们感到非常遗憾，不过仍要冒昧地问一句，柳江夫人，你和胎龙住持是再婚？"法水平静地说道。

"是的。"

"你看起来非常冷静，一点都不像刚失去了亲人。"法水先生意味深长地盯着柳江夫人。

"悲伤总是暂时的，这个道理永远不会变。"

"那么，你昨天晚上做了些什么？"

"下午的时候，我一直都在餐厅里，一直到7点半。过了一会儿，我丈夫，也就是胎龙回来了，他跟我说要带慈昶师父一起去药师堂祈祷，然后两个人就一起离开了。"

"你还记得他穿了什么鞋子吗？"

"我很清楚地记得是木屐，因为他误穿了空达师父的木屐，我还提醒了他，但他毫无反应。"

"啊，只穿了木屐？"熊城惊诧了，他一直没深入追究的木屐，因为足迹弄错了，不是凶手的，而是胎龙住持的，那凶手的足迹是如何成功消除的呢？然而法水无视他的惊呼，示意夫人继续。

"15 分钟后，我听见一声咳嗽声，好像是慈昶师父发出的，我以为胎龙也跟着回来了。那个时候，空达大师和施主在本殿旁的房间里，一起讨论有关葬礼的事情，所以案发时他们应该都不在场吧。10 点钟的时候我和往常一样外出散步，到池塘边时还在药师堂看到我丈夫，他没发出声音，但他最近几天喉咙痛，我认为他当时是在心里诵经，真想不到这是最后一面。"

"我知道我不应该这么说，但我想提醒你这时胎龙住持应该已经死了。"

"是吗？虽然是在晚上，但我确定我没头昏眼花。"

"既然你看得到室内，那说明药师堂的门是开着的？但据我昨晚的询问，慈昶师父说，他亲自关上了门才离开。"熊城先生插了一句。

"哦，别管他，那你觉得药师堂有没有什么奇怪的地方？"

"这么说来，好像是有那么回事。护摩似乎没什么烟，我先生的身子也挺得太笔直了……"

"之后呢？"

"后来我从药师堂后方绕回去，大概在 11 点半的时候，我听到一阵脚步声，就是从我丈夫房间传出的，我还以为那就是他发出的声音。"

"你先生的房间？"虽然从厨川朔郎口中得知他们的感情并不好，但没想到如此严重，"你们分房了？为什么？"

"因为，我先生这两个月来，精神不太正常了！"没想到柳江夫人说出的竟是这个原因。"自从两个月前，他仿佛变了一个人，精神萎靡不振，每天都像失了魂魄一样，晚上还会做梦，说着奇怪的梦话，整个人瘦得厉害。上个月起，他这种情况更加严重，而且每天晚上都疯了似的到药师堂祈祷，我们两个人根本就没话可说，像陌生人一样。我也只有每天晚上散步时去药师堂看看他。"

"哦，对了，横梁上贴的蜘蛛很奇怪，它的左眼怎么没有了？"

"不会吧，前天早上，我看到还在，况且昨天也没人到过那里。"

"好的，我清楚了。"法水先生突然脸色一正，"昨天晚上天气很冷吧，而且还是 10 点，你真的只是外出散步吗？"

"呃……这……"柳江夫人答不上来了，她没想到法水会突然这么问。

"你可以走了，谢谢你的配合。"法水摆手让柳江夫人离开了。

"不用谢……"

"嘻嘻，大晚上的……你说能干什么呢，真是白问！"熊城诡异地冲他俩笑笑。

"我发现柳江夫人有点像伎艺天女！法水先生你为何总把焦点放在蜘蛛的左眼呢？"支仓问道。

"啊，你不说我都把这事给忘了！"

法水听完，就把熊城拉到了门边上，木门被他开了一个缝，然后说道："我们让案件重演一下，设想一下，昨晚有人小心翼翼地闯入这间屋子，贴画的左眼如何被弄掉。"话毕，他用力地踩在门槛上，用一只手压住木门，木门发出嘎嘎的声音，等到熊城站上去之后，就没有发出任何声音了。

"我发现了,这是门反弹的结果,因此贴画被挤歪了,眼膜也随之脱落了。"支仓恍然大悟。

"应该就是这样。还有,熊城先生的体重应该在70公斤以上,如果是我这种体重站上去,木门会吱吱作响,所以想要神不知鬼不觉地进到房间里,只有两种可能,一种是两个人,另一种是体重很重,比熊城先生还重。"法水先生分析道。

"两个人?案件又扑朔迷离了……"熊城沮丧了。

"你已经询问过慈昶师父了吧,那我们先去找空达师父吧。"法水拍拍熊城的肩膀。

四

空达师父有些苍老,年约50岁,身材与死去的胎龙差不多,相貌丑陋,肤色泛黄,性格温和,有点喜欢卖弄他的口才。

"请问你案发当晚在做什么?"

"吃过晚饭后,也就是7点半到8点的这段时间里,我和葛城家的人共同商讨葬礼的诸多事情。"

听到这,三人相视一眼点点头,和柳江夫人所说的一样。

"接着我就和他们来到了葛城家,诵念经文,一直停留到10点,凶手不可能是我。"说罢他正襟危坐,闭上眼睛,一边拨动念珠一边诵读经文。

"我们再去询问慈昶师父吧。"法水提议。三人来到了慈昶师父房间内。

"哦,有没有见到奇怪的事啊?"法水问。

"有啊。我很清楚地记得,3月30日,晚上8点多,月亮还停在半空中,突然,我和朔郎看到玄白堂有奇怪的现象,有一道朦胧的月光射了下来，正好照亮了天女雕像，胎龙住持和空达大师听说后，就随我们来到了玄白堂，但他们没看到任何奇怪的事情，雕像头上依然有光线，却不再神秘，仅仅有些发亮，没什么奇怪的。一切不正常从第二天起，胎龙变得神神道道，情绪也极其低落。"

"厨川朔郎先生怎么对此事只字未提啊？"法水尖锐地问道。

"唉，那家伙其实不太相信是神光，说那是恶作剧，根本不用放在心上。"

"天女雕像头上面的光出现过多少次？"

"一共有两次，在那之后，好像是5月10日的时候又出现过一次，看到它的是一个女仆。"

"那个女仆现在人呢？"法水急切地问。

"她叫阿福，现在不在这工作了。"

"第二次准确的时间是几点？"

"大概9点10分吧！阿福过来告诉我时，我正在修理钟表，所以时间记得比较准确。"

"那么昨天晚上你在做什么？"

"没干什么，我在房间待了一整天。"说罢慈昶师父开始拨念珠，不再理会法水他们。

"还有谁没有被调查？"

"我看看。"熊城翻了下资料，"还有浪贝久八，寺中的一个仆役，不过刚才我的手下在侦讯他时，他突然癫痫发作，所以只了解到他下午6点到8点半之间在厨房工作，他以前是个生意还不错的当铺老板，后来就来到了这间寺庙当仆役。"

"为什么？"

"因为他一直都很信仰药师如来，他有顽固的神经痛，已经持续很多年了。1个月前，他都是住在疗养院的，他来了！"这时一个有点惶恐的老人来到他们面前。

"昨晚胎龙死前，有发生过什么事吗？比较特殊的？"法水开门见山地问道。

"有啊，大概是10点半，有人解开了狗链，我去找狗时，听到池塘的方向隐约有狗叫声，我就向池塘方向跑去。当经过药师堂的时候，我看到胎龙住持背坐在药师堂里，似乎在念佛经。"

"你也在10点半看到了住持！"法水瞪大了双眼。

"我可没有撒谎，有件事真的很奇怪，至今仍然想不通，住持肩上竟背着两个点燃的红筒灯笼，那是祭祀时才用到的。"

"你敢肯定吗？"熊城忍不住插了一句嘴。

"我肯定。"

"请接着说吧。"法水示意了一下。

"然后我就继续往池塘边走去，当时天色很暗，一点点火光都看得很清楚，所以我确定我见到对面假山后面有点点火光，还有一阵烟味。一定是有人将手中抽完的香烟扔到了池塘里，但我很清楚，整个寺庙只有我抽烟。"

"后来你还看见点燃的灯笼了吗？"

"没有了。玄白堂的门不知是被谁关上了，那里漆黑一片。然后我就回去屋里睡觉了。"

"好的，谢谢，你可以走了。"

结束询问后，法水忍不住叨念着："终于结束了，压在肩上的担子却是更重了。"

"没关系，有些真相你已经告诉我们了。"支仓检察官信心满满地说。

"经过询问，有什么新发现吗？"

"我可能知道胎龙 3 个月前，精神突然变化的部分原因了。"

"快说说！"熊城先生迫不及待了。

"刚才我在胎龙房间里，找到了一本日记，正是胎龙本人的。我粗略读了一下，虽然里面没记载什么惊天大秘密，不过他对自己做过的梦进行了记录，这可是重要线索。其中，5 月 21 日，他在日记上写道：我最近几日晚上睡眠尤其不好，噩梦连连，有一把木锁总是缠在我的腰间，却怎样都摘不下来。而到了 6 月 19 日这一天，他又写道：昨晚的梦更加离奇，我居然将自己的右眼挖了出来，但是心里突然就觉得解脱了。然后我将右眼放到了天女雕像空着的左眼中。我有一种强烈的直觉，这与本案相关程度很大！"

"马上给我看看！"

五

法水又把日记细细读了一遍。

"还记得我说过胎龙死前应该产生精神障碍吗？这些梦里的内容恰好描写了胎龙的精神状态出了问题。从今年 3 月开始，他经常出现魂不守舍的状态，那其实是因为长期对性欲的压抑，身心产生了疲惫，他做过挤青春痘的梦，那是渴望拥有性却得不到的想法再现。还有，他梦到过木锁，木锁也象征了女性的性器官，可是木锁也许代指了木头雕像！经过这么推算，大家应该能够了解，胎龙的性功能已经慢慢减退了，他将自己身心的感觉全都反应在了梦境里。"

"听起来似乎与案件没什么关联……"熊城小声嘟囔。

法水先生则继续解释："还有胎龙很想要把自己的右眼挖下，献给天女雕像，其实是自我愧疚与赎罪的表现。想要玷污神明的想法是如此大不敬，为了得到神明的原谅，他才想献出右眼。对于胎龙来说，精神的折磨远胜于肉体的痛苦，他是一个纯粹的受虐狂，这种极端的形式，常人无法理解，这样也就可以说明胎龙的心理历程以及外在表现。不过胎龙是从 3 个月前才这样，所以其中一定有强大外力的作用，而外力的操作者就是凶手！"说罢，法水用余光瞄了默不作声的两人后，起身离开。

"走吧，我们再去看一下药师堂！啊，记得带上空达师父。"

药师堂中间是一个护摩坛，里面盛满了香灰。背后是巨大的帷幕，把帷幕掀开，就能看到三尊棕色肤质的药师佛，最中间的是药师如来，两边矗立的分别是左右护法日光和月光。三尊药师的背后是约莫 6 尺长的木板，上边的神坛供奉着圣观音和左右两尊护法四天王。

"这里的指纹采集怎么样了？"

"唉……"熊城叹了口气，"乱七八糟什么样人都有，不用说，肯定派不上用场。"

"这庙堂里怎么如此干净？"法水问空达大师。

"就在祭典的前一天，我们把这里打扫了一遍，现在还没超过 3 天时间。这种打扫非常细致，连红筒灯笼都不能放过。"

此时空达手上正好有两个红筒灯笼，长度有一人之高，灯笼口是铁板做的，长度有 7 寸，里面的蜡烛已经燃尽了。空达大师是法水特意带上的，法水本想从灯笼上发现点线索，却毫无结果。《般若心经》放在护摩坛前的经书桌的右边，而秘密三昧即佛念诵的抄本放在了中间，书页上写着"五障百六十心等三重赤色妄执火"。这还是胎龙死前读的那一页。

法水指着经文的一行："经文从头诵读到这，一般用多长时间？"

"23 分钟吧！"空达回答。

"要是胎龙 8 点开始读经文，8 点半才能到这一页，是吧？"熊城指着经文问道。

"凶手会不会是在这里杀害死者，然后才把尸体搬到玄白堂？"

"哦？"

听到法水的质疑声，熊城额头有点冒冷汗，"我是想啊……这不是多了一盏红筒灯笼吗，足以证明，这里除了胎龙，还有别人。"此时，法水先生此时拿出了一个小纸包，递给了熊城，说："请检验一下这个，最好用显微镜。凭肉眼看很像煤灰，这是我在三尊药师中的月光神背后发现的，其他地方都没有。"

"好吧。"熊城将小纸包收到证物袋里。

调查完药师堂后，大家一起到池边勘察。

这时，一位警察给法水送来一封信：

对于胎龙住持的死，我深感意外，更令我没想到的是，我会走入被人怀疑的境地。我必须要承认一点，我和柳江夫人之间互相爱慕，她为了离开胎龙先生，和我结婚，也一直挣扎在痛苦中。我和柳江夫人的缘分开始于去年年底，但我们行为举止没有越礼，也不可能为了这份感情做出杀人的事情。昨天晚上 10 点的时候，我和柳江夫人约会在池边，我们只聊了 10 分钟。但是我保证，抽烟的人绝对不是我，我如此小心谨慎，不会留下能当成证据的烟头。至于不在场证明，我确实无法提供，请您相信我此刻的诚实……

"我真是误会了我的朋友乔村啊！"看完信的法水不由得感叹道。

随后，法水就独自一个人在池塘边静静走着，当他回来时，手中多了一朵莲花。

"你怎么摘了朵莲花？"熊城眯着眼睛说道。

法水没有说话，只是像展示一样地把花一瓣瓣摘掉。

"你们看看。"

"这是……水蛭！"

"对，我在水闸门的堤坝附近发现了它们，这种莲花叫木精莲，属于热带，它香味浓郁，到了晚上就会绽放，而白天凋谢，在这个花心中居然有水蛭，你们能想到原因何在吗？"

支仓和熊城想破头，仍然没有一点头绪。

法水笑了笑，"看来还是只好由我来说明了。水蛭喜欢什么？当然是血！那为什么在这天然植物木精莲里会找到这种小生物呢？试想一下凶手在池水中洗掉自己手上的血迹，当时附近就有这样的木精莲，水蛭由于对血的味道敏感，大量跑了过来。而凶手为了稀释掉血，也就是不让别人发现，就打开了水闸门。"

说着，法水指了指池塘对面的水闸门。

"当血水经闸门放出后，木精莲就从水下浮了上来。第二日的清晨，木精莲的花苞重新闭合，水蛭还在花心中，现在你们明白了吧。"

"呃，很有道理，请继续。"熊城警官看来决定彻底依靠法水了。

"熊城警官你也太不爱动脑筋了吧……言归正传，这两个池塘高低不同，凶手就是想利用这一点。当把玄白堂这边的水闸门放下时，水就由高处流向了低处，一定时间后，玄白堂这边地面上的水溢了出来，正好可以把胎龙身后的足迹抹掉。"

"哦……"

可还没等熊城理解完，法水先生话锋一转："你们还记得我在足迹边滚动过卷尺吧，那时我发现，玄白堂内左右两边的高度不一致，所以水没办法流到留有雪鞋和木屐脚印的地方，当清晨太阳出来时，水就被蒸发干了，我们就没看到一点水。"

"那胎龙被害的地点到底是哪儿？"熊城忍不住问道。

支仓也附和道："但是凶手也暴露了自己，他抽烟了。所有的凶手不是都千方百计不让人发现吗，怎么还可能在如此黑暗的环境抽烟？这也太胆大包天了吧！"支仓检察官顿了顿，继续说："而且还有一个问题——灯笼出现的时间，10点的时候柳江夫人说并没看到灯笼，10点半的时候却有，可是到了11点又没有了，凶手还真是令人捉摸不透呀。"

"找空达大师带我们去药师堂时，对那些可疑的灯笼，我已经仔仔细细地查验过，包括里面的烛火，虽然事件的全貌依然是个谜，不过让我们耐心等待吧。"法水仰着头看着夜空，"请先平心静气，很快事情会水落石出。"

法水说完，三个人就各自回屋里休息了。

六

当天晚上，法水对着他的桌面上的三份资料进行认真分析：

第一份是法医给出的检验报告，检出死者伤口形成的原因，一切印合了法水的推理，死亡时间也确定了，就是在昨晚的 7 点半到 9 点之间，10 点大家所见到的"胎龙住持"是被人做过手脚的；第二份是一把雕刻刀，正是厨川朔郎口中遗失的那一把，发现地点就在池塘中，距离久八等狗的地方只有 5 米；第三份是那个法水让检验的小纸包，那些看似煤灰的东西，其实是松烟。

"还缺点什么呢……"法水晃晃脑袋，一夜就在他的思索中平静地过去了。

第二天早上，熊城神情沮丧地出现在法水面前，"唉，我把我认为嫌疑最大的人放了……我把厨川朔郎给放了，真不甘心啊！"

"怎么了？"

"还不是因为他为自己找到不在场证明，怎么早不找到晚不找到，偏偏我认为他嫌疑最大时就找到了？果然还是他嫌疑大……"熊城不屑地撇撇嘴。

"好了，说重点。"

"朔郎房间对面不是久八的厨房吗？久八的孙女 8 点半的

时候在那里，她说听到有上发条的声音，应该就是朔郎。她听到那个立钟到了 8 点时，响了一次，然后是 8 点半，它又响了一次，她那时看了一眼家里的钟表，时间是 8 点 32 分。我就问了朔郎这件事，他拍了一下脑门说自己忘了，你还记得他房间里的钟吧。"

"真的，他承认了，这件命案终于结束了，我要好好休息一下，养精蓄锐，明天揭发凶手。"

"哎，法水先生……凶手是谁呀……哎……别赶我出去呀……法水先生……"法水把熊城推出了房间。

第二天，法水找到厨川朔郎，"这么努力，一大早就在作画呀？"

"呵呵，习惯了！"

"对了，向你表示小小的敬意，你竟然把你房里的立钟修好了！"

"什么？"厨川朔郎纳闷了。

"我记得在侦讯时，明明都 0 点 32 分了，并不是 30 分，但那钟响起来了，可是今天早上，我看到它恢复了正常，这么复杂的大钟你却能把它修好，我当然感到佩服了，你不用如此谦虚的。"法水先生语调平和，但明显话里有话，眼神也直逼厨川朔郎，令厨川朔郎不禁微微发抖。

"不好意思，法水先生，我还在忙，就不奉陪了，再见。"

"别急。"法水先生挡在厨川朔郎面前，"你走了，我再怎么分析你的不在场证据，也没人能证实。"接着，法水先生便自顾自说起来。

"首先，你必须要让你房里的立钟停止报时，这样会让别人对时间的判断产生错觉，提供的证词也让调查陷入僵局，我猜你可能是利用了棉花之类的东西，就这样，你人在 9 点的时候，就不在屋子里了，却有非常好的不在场证明。"

"法水先生，你的想象力也太丰富了！"

"是你的作案手段高明而已！你先将柳江夫人房里的钟做了一些手脚，长针和短针分别摆在 8 点 30 分的位置上贴上了剃刀，然后用绳子绑住右方的铁钉，将绳子沿着刀刃顺过来，将绳子的尾端与留声机的旋转轴连接。再将那个留声机放到蜘蛛网的下面，转动发条，使得其可以刚好转动两圈。然后拆下留声机上的发音管，反着装在旋转轴上。这时，扩音器会向下压，形成一个凵字形，当按下停止器后，留声机反倒会转起来，可是由于被绳子绑住，绳子只会越收越紧，从而阻碍机器运转。当时间走过 8 点 30 分，剃刀会削断绳子，留声机就能开始转了，同时位于扩音机上的针垫相应地会跳到上方的蜘蛛网上。钟表在这个时候报时了，转第一次用了 8 圈，转第二次用了 1 圈。谜题都解开了，之所以钟表只报时两次，是因为发条断掉了。"

"哈！我还以为法水先生有多聪明！"厨川朔郎轻蔑地笑笑，"只是细小的丝线而已，怎么可能会产生这么大的声音！"

"你可真会装糊涂啊！哎……其中只有 2 根是丝线！谢谢你的提醒。其余 8 根你已经做过手脚了，明显你知道蜘蛛丝可以被当成保险丝，你就用其中那根较粗的线作为最里面的那一根，当到 8 点报时的时候，其他较细的那 7 根线被弄断了，最粗的 1 根正好可以报时第二次。"

"你别血口喷人，这与我无关！"厨川朔郎将脸转向一旁，不再看着法水。

七

"我可是有理有据，因为你最终还是露出破绽。"

"虽然不想与你胡搅蛮缠，但还是希望你能快点讲完，我倒要看看你要怎么自圆其说。"

"这只是事实而已。你一定没怎么研究过留声机吧，留声机的发条是很难全部松掉的。"听到这句话，厨川朔郎脸色开始惨白。

"虽然你很机警，在犯案过后，就努力把一切东西恢复过来，尤其是那个蜘蛛网，但当我看到时，心里就隐隐觉得很不对，这是你精心设下的不在场证明。还有最重要的一点就是，发条被你忽略了，你没有拧紧它。凶手无疑就是你。"

"是吗……"厨川朔郎有点惊慌失措。

"还有，慈昶师父说天女雕像背后发出了月晕般的光线，其实是你利用月光制造的景象吧！背后之光第一次'显灵'的时候，你在一顶黑帽子上涂上一些可以发光的涂料，例如溴化镭和硫化锌，把它戴在天女雕像的脑后，再把帽上长绳的尾部固定在石板的钉子上。并且你比较聪明的一点，就是掌握了月光的照射规律，你计算好月光从天女雕像凹下的地方移动到头部正后方的时间。"

法水停顿了一下，继续说。

"接着你掐算好了时间，和慈昶师父一起来到玄白堂。随着月亮在天上位置的转换，玄白堂里变得很黑，发光涂料此时就形成了一个光环，把慈昶师父吓了一跳，你再用自己的木屐踩住了钉子，随着向前跑，也就把这套把戏的道具巧妙收了起来。胎龙被害的那天，他看见了背后之光，唯一不同于前两次的，是你只让胎龙看了一下，光就没有了，是不是？"听到这，厨川朔郎额上竟有冷汗冒出。

"法水先生，你在这啊，朔郎也在呀！对了法水先生，你不是说今天要揭露凶手吗，凶手是谁，胎龙住持究竟是在什么地方被何种的凶器所杀呢？还有，他奇怪的姿势又怎么解释呢？我还要请问这个案子的其他几个谜团……"熊城嚷嚷着走了过来，后面跟着支仓检察官。

"不就在你面前吗？"法水先生噘嘴示意凶手是厨川朔郎。

"他是凶手？"

"好吧，这个案件我们从头来说吧。3月底天女雕像背后之光第一次出现之前，厨川朔郎就已经开始行动了。他仔细对胎龙的梦境做过精神分析，当他认为时机成熟时，就制造了背后之光事件，后来，厨川朔郎不断摧毁胎龙的精神世界，直至他完全堕落，胎龙因为自己荒诞的梦，一天比一天虚弱，所以在厨川实行杀人时，胎龙已经没有反抗的意识了。"

"如何破坏？"熊城先生发问。

"首先，厨川先生利用3个多月的时间听胎龙先生讲述自己奇怪的梦境，这样他能随时掌握胎龙先生的精神状况，并在胎龙的脑中一步步植入令他精神崩溃的想法，就这样从最初零零碎碎的结构，一直到变成完整的框架。其次，他制造了三次背后之光事件，借此让胎龙先生相信这是神的启示，慢慢地，胎龙先生精神失去平衡，并越来越病态，所以对自己将要面对惩罚也就顺其自然，没有恐惧感了。"

"怪不得他误穿了空达师父的木屐都毫无感觉，因为厨川在胎龙先生脑中所构建的想法令他丧失了思维能力，完全变成了一具行尸走肉了吧！"

　　"对，这也是他会到药师堂焚烧护摩的原因，他希望靠着祈求药师如来得到赦免，但想不到如来的背后竟然发光，这不就是药师佛显灵了吗？当然精神崩溃的他是不可能知道其实是人为的。"

　　"为了让神明显灵更加逼真，厨川还在药师佛背后的圣观音脖子上绑上镜子，使其略微向下倾斜，然后点燃藏于月光神像背后的线香。大家知道镜子会反射光线，令屋子更为明亮。线香上的火苗反射在镜子里有放大的效果，从胎龙先生所在的位置往上看的话会让火苗看起来像是药师佛的头上发光，心中更诚惶诚恐，精神上处于一种不稳定的状态，冥冥中认为这是药师如来从上天带下来的劫火。"

八

　　"那本经文又是怎么回事呢？"支仓检察官突然想起法水先生注意过的一本经文。

　　"这是道具，或者说是凶器之一！你们还记得经文摊开那页的内容吗？"法水先生提问道。

　　"印象中好像是什么'五障百六十心等三重赤色妄执火'……"支仓努力回想着。

　　"你没记错。当胎龙看到背后之光后，精神更加抑郁，厨川就藏身于佛像的背后，小声地诵念经文，让胎龙以为是神灵的声音。当厨川读到关于'火'的章节时，立即将写着'五障百六十心等三重赤色妄执火'的经文摊开在桌上，胎龙先生看到这句话时所受刺激更大，此时厨川将红筒灯笼映射在胎龙头上，缓慢地靠近，胎龙就以为经文应验了。这也是浪贝久八看到胎龙肩上有红灯笼的缘故。"

"这下我明白了，"支仓点点头，"因为胎龙住持当时的精神状态实在太糟，因此他以为这就是火刑，就是神灵的旨意，所以对于死亡并不畏惧，反而觉得是种解脱，因此死亡时姿势奇怪，其实是厨川侵蚀胎龙住持大脑的结果。"

"对极了！不过灯笼除了有恐吓作用，也是凶器之一。厨川将灯笼铁芯磨得十分锋利，当胎龙双手合十，整个人精神错乱地念经时，就将铁芯狠狠地插进他的大脑最脆弱的部分。这时候胎龙也感觉到强烈的疼痛了，可是他的精神意念在这个时候作祟了，他以为这是神灵的惩罚，他于是就接受了，也未做挣扎。"

"你怎么确定凶器是灯笼中的铁芯，我们之前一直猜测是雕刻刀的啊。"熊城问道。

"因为厨川忘了一件事，那就是隔离线香和月光神像，线香融合了硝石、铁粉和松烟这三种东西，当铁粉燃烧后，就会在空气中氧化，而且胎龙头上的伤痕与灯笼中插蜡烛的铁芯，直径是相同的。出家人都会将头发剃掉，厨川要找到头骨中的柔软地方非常容易，也就能顺利刺入头中。柳江夫人的相貌与天女雕像有点相似，纯粹是个巧合。"

"原来如此！"熊城点点头，"我也明白了，胎龙之所以能在死的时候保持坐立不倒的姿势，全是因为这样啊。"

"对，胎龙手中有念珠，正好能证明念珠是用来调重心的重要工具，所以柳江夫人会看到坐着的死者，犹如活着那样身姿端正。而当铁芯插入胎龙的脑袋时，之所以血没有喷溅出来，是由于厨川在胎龙的脑袋上放了接蜡油的盘子。他故意敞开药师堂的大门，点亮了灯笼，为的是让人看到，浪贝久八恰好做了这个见证人。待证人久八走了之后，厨川换上了胎龙的木屐，抬着尸体进入到玄白堂，再巧妙地放好。那些脚印很深，全是因为是两个人的重量压在上面啊。处理好尸体后，厨川是光脚离开的，并且他跳到左边的围墙边，留下的脚印在他打开池塘水沟的闸门之后被冲刷掉，案件的过程就是这样。"

"原来如此，难怪他要点灯笼了！"

"他的手法的确高明，看来我请法水先生过来是正确的。"

"过奖，我们的确差点被骗过去了。"法水苦笑着说，"而且他的手段高明之处还在于，唯一能沾染到血迹的地方就只有蜡烛铁芯接触的蜡烛部分和盘子部分，但是只要稍加清洗，盘子就会干净，蜡烛只要燃尽，血迹也会没有，谁都不会想到凶器居然隐藏得如此巧妙。"

"这么说来关上闸门的人也是厨川？"

"没错，而且他知道乔村先生和柳江夫人的秘密，所以顺势就把嫌疑嫁祸给乔村先生。"

"狗链应该也是厨川解开的吧？"

"对，这样才能顺利把目击者久八先生引到池边，但狗叫声其实是厨川发出的，为的就是引来久八。久八先生看到的火光并不是烟头，而是厨川手里的线香火苗。当线香点燃时，血粉就随之化掉了，再把没有燃完的线香丢到木精莲中，这么做的目的就是为了吸引水蛭，果然成功了。然后为了抹掉留下的脚印，他打开了水闸门，结果第二天早上，包裹着水蛭的花苞却被我们发现了。"

法水解释完整个案件后，直视着厨川朔郎说："现在你可以解释杀害胎龙先生的动机了吧？"

"哼，果然没有法水先生解不开的谜题。"厨川朔郎望着远处，像在怀念些什么，"他是我的仇人，他害了我父亲，我的父亲最后在疗养院度过了残生！我父亲和鸿巢胎龙曾是同窗，当年在一次竞争中，他使用了无耻的方法，使得我父亲落选，自己却成功被选上，我父亲受了严重打击，一病不起，最后发疯。要我怎么原谅他！"

说完，他打碎了配电箱的盖子，电流吱吱响后，又一条生命逝去。

斗争

【日】小酒井不木

一

K 君：

　　已经收到你的来信，你信中的鼓励与真切的安慰，让我无比感激。前几天，我真的是忙得晕头转向，尽管现在葬礼已经结束，但我仍然无法从低落的情绪中走出来。

　　我想你一定能体会我的心情，也一定能感受得到我的悲痛。我在上中学的时候，父亲离世，我当时悲痛得恨不得跟着先父一同踏往黄泉之路。而此时的心情与当时一样，我多么希望自己也和毛利医师一样罹患肺炎，与他一同死去。而不是像现在这样，整个人无比茫然，几乎失去生存下去的意志，沉浸在孤苦伶仃与无比的哀痛之中。幸好，我还能借着这几页信纸，向你诉说内心的点滴。

　　诚如你的来信所说，日本法医学界失去了两位英才，一位是前不久去世的狩尾博士，另一位就是我最敬爱的毛利医师，他们的离去使得日本法医学界黯然无光。我记得你在信里还提起过毛利医师临死之前的好长一段时间都比较忧郁。不光是你，有很多人也都注意到过，而我也找到了令毛利医师忧郁的原因，当时我一直替他保密，也不打算把这件事宣扬出来。但是现在，我想把它说出来，与你一起探讨这个话题，而不是一直放在我的心里。

在 5 年前，我开始追随毛利医师，一直跟着毛利医师学习，获取一些基本的医学经验。他年近 50，但是满头黑发，目光有神，总是精神抖擞，给人一种很强烈的气势。在头 4 年里，我一直觉得毛利医师是个工作狂，他热爱工作，从来不知倦怠。尤其是在法医界和精神病学方面的鉴定，毛利医师保持着严谨的态度、刚正不阿。在他看来，作为一名鉴定医师，鉴定结果不仅关乎个人生命，还会对整个社会产生重大影响。所以，毛利医师始终怀抱着贡献社会的心态，以及热爱大众的信念来从事这份工作。

但是就在 1 年多以前，毛利医师突然变了，他的眉宇之间似乎透着化不开的阴影，对工作失去了热情。对于一些小的案件他不再身体力行，常常委托助手去完成，只把审核鉴定内容留给自己做。除去工作，他在生活上也变得越来越消沉。

那个时候，我在暗自猜测毛利医师之所以变得忧郁消沉是因为对某些事情感到失望，也联想到或许是单身多年的他开始谈恋爱了，因为追求不到才魂不守舍。我当时甚至觉得毛利医师这样的工作倦怠并非坏事，因为工作的松懈代表着他精神活动的放松。如今想来，我应该对我当时这些胡乱的猜测表示抱歉。

在 1 个多月以前，我发现毛利医师的忧郁状态越来越严重，于是我试图找到毛利医师出现这种情况的原因，猜测他是否得了什么怪病。因为毛利医师已经无法自救了，所以只有找到毛利医师忧郁的根源，或许能不让它恶化下去。后来，我确实也找到了一些原因，尤其是在日本医学界与毛利医师一起号称双璧的狩尾博士过世之后，我更加确信这样的原因。我将向你一一道来。

二

你知道北泽荣二自杀事件吧？大约在两个多月前的一天下午，39 岁的实业家北泽荣二在吃过午饭后，趁夫人政子外出购物之际，在自己书房举枪自杀。直到北泽夫人 5 点半回到家才发现丈夫自杀，惊吓之余才报警，由警方来处理。警方在死者书房的桌上发现一封遗书，因此将此案断作自杀结案，并且立即核发下葬的许可证。通常情况下，日本都是规定人死后是要火葬处理的，但是由于这个案情比较蹊跷，所以对此案进行土葬处理。因为在遗书上，有一段引用青年作家 A 氏的《送给某老友手记》里的第一章节文字：

在作家雷尼尔的短篇小说中曾经提到过，自杀者自己也不知道自杀的真正原因。有的人是因为生活的贫困，有的人是因为病痛的折磨，有的人是因为不能忍受精神上的折磨……但是在我看来，这些只是自杀者的契机，而并不是自杀者真正的动机。或是基于自杀者的自尊心，或者是因为死者自己对心理学的研究不感兴趣，谁都不会将自杀者的心态完全剖开。所以，我想在遗书里告诉你我自杀的动机以及我内心里的真实想法。

也许你无法相信我所说的话，但是我不会怪你。我现在正处于茫然和不安中，也不明白自杀者为何要自杀。但是我想，人们自杀的原因至少包含了生活中的各种行为和动机。

这位 A 氏的作家是在前年自杀的，警察觉得这样的遗书及案情日后有必要再研究。

果然，就在该案事发 1 个多月后，有人向警方提出检举，认为该案结案太过草率，案情还有内情。警方接到这一举报之后，做出了行动。首先监视了北泽荣二的遗孀政子，由此发现了她与一名叫作绿川顺的年轻作家关系不浅，警方到绿川顺家搜查，发现了一把与北泽荣二自杀使用的同款手枪，警方遂以杀人嫌疑将政子和绿川顺拘捕，并且决定再度开棺验尸。由于我与警视厅的福间警长很熟，所以他拜托我去做这次鉴定。我知道这件事情并不单纯，而且极有可能是一桩谋杀案。

我记得当时外面天气很不好，下着小雨。我回来的时候，毛利医师正一脸阴沉地翻看杂志，我把鉴定结果给他，他只是简单地问我：

"鉴定完成了？"

"是的，毛利医师。"

我把我鉴定的详细情况都一一告诉他，并对他说：

"这只是初步的鉴定，还需要将尸体做全身的解剖，提取肠胃里的残留物来确定死亡时间，并且还需要确定手枪的射杀距离，以及命案现场和遗书上的血迹是否是自然形成。"

但是毛利医师对此并不感兴趣，只是很敷衍地问我：

"死者的遗书在你那里吗？"

我将遗书交给毛利医师看，这张对折后的信纸外侧还留着几个血印，显得分外鲜明。毛利医师只是简单地看了看，就问我：

"这是死者亲笔写的吗？"

　　没等我回答，毛利医师亲自鉴定了死者的笔迹，确认之后，将遗书退还给我，吩咐由我来负责这次案件。他吩咐完之后，又埋头看杂志。毛利医师的这些举动让我十分不解。换作以前，这样的人命案子，毛利医师肯定会特别用心地听我的陈述，而且听完之后会仔细推敲，绝对不会像今天这样，沉迷于杂志，只对一封遗书感兴趣。

　　对于案件的鉴定，即使是局部的小案子，也一定要解剖尸体的全身，做精密的检查。我首先将死者头部的枪伤与骨折关系做比对，发现死者是从离右边太阳穴 5 厘米的地方发射的子弹。其次，我比较了死者胃肠内的残留物，得出死亡时间大概是午餐后 1 ～ 2 小时之间；之后，我到北泽家做实地模拟，从遗书上面残留的血迹分析来看，并没有发现任何人工安排的状况。因此，这次的鉴定结果找不到任何死者是死于他杀的证据。

　　第二天我到毛利医师的家里，向他报告解剖的结果。但是，没想到毛利医师听完后也只是不痛不痒地说："这么说来死者真的是自杀？如果是他杀的话，简直是奇迹。"

三

　　就在所有证据显示北泽荣二先生是自杀时，发生了一件令人震惊的事情——绿川顺承认自己是杀害北泽荣二的凶手。

　　想必你一定也很奇怪吧？当时福间警官告诉我们时，毛利医师也觉得很讽刺，于是决定亲自进行调查，我们就一同赶往了警视厅。一路上，福间警长跟我们详细介绍了绿川顺以及他认罪的经过。

"绿川顺承认自己和北泽夫人有不伦之恋，他从北泽夫人口中了解到北泽荣二买了一把手枪，并且还听说他抄了作家A氏的遗书来作为自己遗书的内容，他是打定主意要杀死北泽荣二，所以自己也偷偷地去买有一把同款手枪。"

"那么，他是怎么下定决心在那天作案的？"毛利医师对案情显得越来越感兴趣。

"据绿川顺说，那天中午，他知道北泽夫人午饭后要去购物，也知道北泽荣二午饭后通常会在书房看书。于是，他偷偷地潜入北泽荣二的书房，发现北泽荣二正靠在椅子上睡觉，所以他躲在椅子后面，拿自己的手枪射杀北泽荣二。射杀之后，把手枪放到北泽的手中握住。在他逃走之前，还把北泽荣二放在抽屉中的手枪和遗书找了出来，手枪自己带走了，遗书留在桌上，对外界造成是北泽荣二自杀的景象。"

"绿川顺家住在哪里，他作案之后来得及逃离现场吗？"毛利医师再次提问。

"他住得并不远，一个人住在文化住宅，离北泽家大约有4条街远。"

等我们到达之后，毛利医师对绿川顺做出了审问，得到的案情与福间警长转述的几乎一模一样。之后，毛利医师要绿川顺演练当时的情境，也就是绿川顺将北泽荣二杀死的经过。他先让绿川顺坐在椅子上，由绿川顺扮演北泽荣二，而毛利医师自己则扮演杀手。假装在一枪过后，北泽荣二的身体开始慢慢向下沉，逐渐躺了下来。就这样重复了两次，确定是北泽荣二死时躺下来的姿势后，毛利医师让福间警官将其带走。

等福间警官回来之后，毛利医师说：

"你们之前已经模拟过北泽荣二死亡时候的状况了吧，福间警官？"

"是的。绿川顺刚才说什么了？"

"看起来绿川顺根本不像是杀人凶手。我刚才要他模拟案发当时的情况，感觉他表现出来的情境都是假的，不是他自己经历的，而是你们教他做出来的。"

"是这样吗？"

"等问过北泽夫人之后就知道了。福间警长，请你把北泽夫人带过来吧。"

北泽夫人被带上来之后，福间警官退了出去。毛利医师开始审问北泽夫人，北泽夫人看起来刚年过30，穿着黑色的丧服，看起来楚楚动人。

"北泽荣二自杀那天，你是4点多到家的吧？"

"不，不是，是5点半到家的……"

"请你说实话。"

"……"

"去找过绿川顺对吧？你4点回家，发现北泽荣二的尸体之后跑去找了绿川顺，商量之后才去报的案。我说的没错吧？"

"……"

"看来真的是这样，因为绿川顺真的是怕受你的连累，所以刚才他已经招供说你是杀害北泽荣二的凶手。"

北泽夫人在听到这话之后，整个人变得很震惊，全身颤抖起来。

"果真是这样？那我无话可说。我当时确实是4点回到家，发现北泽荣二已经断气。人不是我杀的，也不是绿川顺杀的，因为我下午 1 点多去的绿川顺家，直到 4 点离开，我跟他一直在一起。"

"好，我相信你所说的，你可以离开了。"说着就让福间警官把她带走了。

审讯过后，仍然没有找到任何他杀的证据，而绿川顺为了保护北泽夫人不惜做伪证更是令人感叹。经过毛利医师和福间警官的分析，决定释放北泽夫人和绿川顺。

四

说来也奇怪，就在当天，警视厅收到一封匿名信，信中大致是说北泽荣二的死因疑点重重。毛利医师很好奇，于是叫福间警长拿给他看。

但是，就在看到信纸的那一刹那，我在震惊之余瞥见毛利医师双眼瞬间发亮。因为，那封投书与之前北泽荣二的遗书是写自同一天、同一样的笔迹和同一支笔。如此震惊的发现，顿时令大家都说不出话来。

于是，福间警长再次把北泽夫人带到警视厅审问。北泽夫人在看过遗书之后，确定遗书的笔迹是北泽荣二的亲笔，交代遗书大约是在北泽荣二过世前的 20 多天完成的。

"你当时觉得他有自杀的倾向吗？"

"没有。我感觉他比平时更快乐一些，还半开玩笑地说，如果这是遗书的话，也无所谓什么时候死去了。"

"他有什么常去的地方或者交过什么谈得来的朋友吗？"

"他很少出门，但是比较常去 M 俱乐部。他几乎没什么朋友，总是独来独往的。"

"M俱乐部什么地方？详细说一下。"

"M俱乐部在丸之内，是一个英国式的组织，据说成员中有的曾经在英国住过。"

"他的手枪是什么时候买的？"

"也是在20多天前，差不多跟他写遗书是同一时期。想买来防身，因为他觉得附近盗贼太多。"

"……"

审问北泽夫人之后，案情也并没有得到新的进展，不过福间警官说已经找到投书的人了，只是这也不能排除北泽荣二是自杀身亡的可能性。于是，毛利医师请求把北泽荣二的遗书和投书带回教室研究。

K君你肯定觉得很奇怪，到底谁是投书人呢？我当时也觉得很奇怪，毛利医师问我有什么看法的时候我一脸茫然。接着，毛利医师就对整个案情做出了一些分析：

"世上总是有一些人喜欢搞恶作剧，他们在与警察开玩笑之后就躲在角落里暗喜。像这样的投书，即使是死者自己写的也没有什么好奇怪的。遗书也是，在遗书里引用别人的话并不能作为线索。但是，如果我们把投书和遗书相结合就一定会发现一些新的东西。"

"那么我们是不是应该去查一下案情的动机呢？"

"完全正确。你接着说。"

"死者并没有营造他杀的案发现场，也没有留下他杀的证据，显然并不是要陷害北泽夫人和北泽夫人的情夫。所以……"

"所以怎样？"

"……"

"很难让人理解，对吧？你先回去吧，想要解开这个谜，短时间内不太可能，我在这里好好研究一下。"

五

第二天，我到教室之后，毛利医师将一个纸片递给我，上面写着"PMbtDK"这几个英文字母，他吩咐我将这几个字母刊登到各主要报纸上。接着，毛利医师还告诉我，他已经找到破案的关键了。

我对此十分困惑。在我看来，毛利医师脸上没有任何破案后的轻松表情，而且还让我刊登这样奇怪的广告。那天早上你还来我的教室，与我见过面，我猜你应该还有印象，因为距离现在仅仅1个半月而已。

我忍不住问毛利医师："这难道是给谁的暗号吗？"

我并没有得到毛利医师的任何答复，就遵照他的吩咐去刊登这则广告。尽管我对这几个字母琢磨半天，也没有找到丝毫的线索。所以，我刊登好了之后就尽快回到教室，希望毛利医师解开我心中的谜团。

等我回到教室之后，毛利医师显得很谨慎，他关好门窗之后还叫我不要嚷嚷。然后，他回到桌子前面坐下来，并开始问我：

"你读过尼采写的书吗？"

"读是读过，不过……"

"我明白，似乎突然问你尼采有些突兀。那么你知道狩尾博士这个人吧，人们都拿我和他进行比较，你是怎么看待的呢？"

"这个，这个……难道他和案情有关？"

　　毛利医师，先提到了尼采，又提到狩尾博士，这让我更加惊讶。对于尼采，我以前确实读过他的一些作品，但是对他本人生平了解真的不多。对于狩尾博士我却可以多说一些，因为近年来，他和毛利医师被称为医学界的双璧，同时又代表着不同的派别和不同的社会阶层。

　　从出身背景来看，毛利医师出身贵族，家底丰厚，大学里师属德国学派，主要研究的是"脑质学"，依据脑质来分析人类的精神状态，他认为脑质的变化会引起精神的异常，如果一个人的脑质没有发生改变，没有出现精神病的症状的话，那么这个人绝对不会因为受到任何暗示而引发杀机。

　　而狩尾博士与毛利医师的观点完全不同。狩尾博士出身贫寒，在济生学舍毕业后就去了英国留学，回国之后在 S 区开了一家脑科医院，而且发表了新的研究成果。狩尾博士主要研究"液体学"，分属英法学派。他认为所有的精神异常是由体质改变引起的，如果有杀人体质的人一定会在某个时期去杀人，只要用心去观察并加以触动，就会引发出他们的杀人动机。狩尾博士把这种触动理解成为教唆（incendiarism），而非建议（suggestion）。被教唆的人从外表上看精神状态很正常，但是极有可能因体质变化而犯下滔天大罪。

　　也就是说，毛利医师与狩尾博士的学说理论正好相反。在之前的学会上毛利医师和狩尾博士曾经发生过激烈争论，毛利医师略居劣势。于是狩尾博士好几次都挖苦毛利医师，并且还咄咄逼人地说：

　　"毛利，你说呢？"

　　"有办法你就找个真人实验给我看。"毛利当时并不甘示弱，用这句话给顶了回去之后就不了了之了。毕竟这是在医学界，他们分属不同的学派，有争论也是很正常的事情。

六

"那么，你对案情和广告哪一个比较感兴趣呢？"毛利医师沉思片刻，似乎并没有期待我的答案。于是他又接着说：

"我昨天晚上将遗书和那张投书摊开放在桌上，可以肯定，确实是北泽荣二的亲笔手稿。因为我拿北泽荣二的各种文件来与遗书和投书仔细对比过。但问题是北泽荣二为什么要这样做？而且北泽荣二委托谁把这封投书寄到警视厅的呢？"

"一定是北泽荣二非常相信的人，而且投书这个计划对北泽荣二来说应该非常重要吧。"我有点迟疑地说。

"没错，确实是非常重要。但是谁受了北泽荣二委托这件事我并不关心，对我来说，我最想知道北泽荣二这么做的真正目的。你觉得呢？"

"难道是为了骚扰谁吗？"

"如果北泽荣二只是想要骚扰谁的话，一定有更简便的方法，犯不着这么大费周章。因此我认为北泽荣二一定有着更深的目的才对。以自杀为手段来达成这么重大的目的，绝对不会潦草行事，一定早就事先做好周全的计划才是。而投书应该就是这个计划之一，因此我敢肯定北泽荣二一定是计划把投书送达我的手上。你认为呢？"毛利医师越说越激动，他似乎并不是在征询我的意见，只是在一步步地反问自己而已。

"在北泽荣二的遗书上，他之所以没有写上自己的文章，其目的只是为了要警方开立埋葬许可而已。因此当警方收到投书之后，一定会将北泽荣二的遗书拿来做鉴定。当然，后来我就会发现投书与遗书是出自同一个人的亲笔，所以就会将这两份文件带回去研究，自然又会为了分析死者的真正目的何在而大伤脑筋，因为研究的这个人不就正是我吗？也就是说，当我拿到北泽荣二的投书之后，北泽荣二的目的已经完全达到了，而北泽荣二是整个事件的主谋。你一定觉得很不可思议吧！"

"那么，北泽荣二的目的呢？难道是医师你吗？"

"可以这么认为，在我看来，北泽荣二的真正目的是想让我为了缉拿真凶而奔波罢了。"

"就这样？"

"没错。"

"那么他一定要赔上自己的性命吗？"

"问得很好，这个我也有疑问。北泽荣二会为了达到这么无关紧要的目的而拿自己的性命开玩笑，况且我之前根本就不认识他，所以我也实在参不透他为什么要这么做。"毛利医师顿了顿，又说：

"其实真正的情况是，北泽荣二自己也不明白为什么要这么做。甚至于他也不明白自己为什么要写遗书和投书。而且遗书和投书都是北泽荣二亲笔，所以我认为这两份文件一定是北泽荣二本人在无意识状态下写出来的。可是遗书是北泽荣二生前就拿给北泽荣二夫人看过了的，北泽荣二本人应该也知道写遗书的事才对。因此，我觉得北泽荣二在无意识当中写了这些文件，可是脑海里又很清楚自己在写什么。那么他一定是被催眠后，受了某人暗示所写出来的东西，又接受了某个人的指令做了这些事情。因此，这里面一定有幕后操作者，也就是策划北泽荣二这起命案的人。"

"所以，你要找的这个人跟广告有关系吧？"

"确实有关系，只是我们先不考虑这个问题。因为接下来我们要讨论另一个问题。"

七

K君，你是怎么看待毛利医师的推理呢？至少，我觉得毛利医师的推理有一定的合理性，而且我也找不出什么推翻他的理由，后来事实证明也确实像毛利医师说的那样。因此，当毛利医师说出要提一个新的问题时，我还是非常好奇。

"那是什么问题？"

"首先，我认为在科学领域中，几万个平凡人里也很难找到一个天才，是这样吧？"

"是的，我赞成。"

"对于我们的医学研究来说，科学家们必当竭尽全力造福人类。但是，昨天晚上研究了北泽荣二的遗书之后让我对此相当失望。如果你不信，我便没法说下去了。"

"我当然相信你。"

"好，那我们再往下说。你还记不记得在以前所举行的一场学会当中，我和狩尾有过激烈的辩论。辩论我败得很惨，狩尾还以'毛利你说呢'这种尖酸的字眼来取笑我，我当时脱口而出'有办法拿真人出来做实验，我就服了你'才结束这场辩论。因为我认为想以真人做实验根本是异想天开的事。但是现在看来，我后悔说出这样的话了。

"昨天晚上在你走后，我彻夜未眠，我一直在想这个人究竟是谁，他为什么要处心积虑地让这桩命案成谜，然后让我来想办法分析。我相信遗书和投书两份文件中一定藏着什么诀窍，因此我再度检查遗书和投书，没想到居然发现了其中的端倪，掌握了真正的证据。你仔细看这段话，然后，你把每句最后一个字母念出来看看。"

"最后一个字母是吗？'毛利，你说呢？'这……难道？"我对此非常惊诧。

"所以我认定主谋就是狩尾。你也知道，如果将我的学术论点用在这个命案上就是，北泽荣二之前并没有任何的精神异常，如果没有受到某种暗示的话北泽荣二就不会选择自杀。事实上，我完全没想到狩尾为了向我示威，居然真的拿真人来做实验。他想证明他的学派和他的说法是正确的，想反驳我的学术论点，而且要突破没有真人实验的瓶颈，所以他去触动北泽荣二，引发北泽荣二的杀人动机。"

"可是，他怎么会和北泽荣二产生关系呢？"

"你记得北泽夫人说过，北泽先生经常去 M 俱乐部吧。很不巧的是，狩尾曾经去英国伦敦留学，他把伦敦当作他的第二故乡，而这家 M 俱乐部也正是英国特色的组织活动，因此他也经常去。

"所以我推测狩尾知道北泽荣二买手枪的事情，并且一直在这个俱乐部里暗中观察北泽荣二的行为，在催眠状态下让北泽荣二把 A 氏手札的部分句子抄下来，然后让他自己将这份遗书收存好，而狩尾把投书带走了。因此，从这桩命案来说，不管是北泽荣二的遗书、投书或是手枪，都可归罪于受到狩尾的唆使。"

　　我对毛利医师的推理感到无比钦佩，但是这个案情让人倒吸一口气，不知道是震慑多一些，还是怀疑多一些。而对于那则广告，我还是不清楚其中的缘由。

　　K君，我能明显地感觉到在命案结束之后，毛利医师变得愉快多了，他往日阴沉的脸和忧郁眼神已不复存在。

　　但是就在两个星期之后，狩尾博士突然脑出血去世，这对毛利医师来说是一个很沉痛的打击。在狩尾博士去世后，毛利医师为我解开了那个广告的谜团。

　　"其实 PMbtDK 这几个字母并不是什么特别的暗号，这几个字母代表的意思是 Prof Mohri bows to Dr. Kario. 这 6 个字母，是由这句英文中每个单字的第一个字母凑出来的，翻译过来就是：'狩尾博士，毛利教授服了你！'只要是狩尾本人看到这句话就马上心领神会，明白其中的意思了。"

　　当时，毛利医师说完后松了一大口气，看不出来是兴奋还是难过。对于毛利医师来说，失去一个强劲的对手是一件无比沉痛的事。在医学界，像狩尾博士这样的竞争对手，恐怕世间少有吧。所以渐渐地，毛利医师又患上了忧郁症，后来又患上了肺炎，随狩尾博士的步伐离开人世。

　　K君，想必你大概清楚了毛利医师离世的大致情况了吧，我怀着无比沉痛的心情给你写这封信。说出心中的秘密之后，此时此刻，我终于释然了。请保重！

金丝雀命案

【美】范·达因

一

9月11日的早晨，班斯和我正在家中悠闲地饮茶，如往常一样，一般早上是不会有人来打扰这段美好时光的。

但是事情总有一个例外。

"咚咚咚——"突然传来一阵急促的敲门声，班斯用眼神示意了我一下，我就心领神会地去开门了。开门一瞧，原来是马卡姆警官。班斯笑笑对他说："警官先生，9点就来到访，一起饮茶吧。"

"打扰您了，"马卡姆警官一脸严肃地说，"有人被杀了，就是那个金丝雀。她早上被人发现死在了家中。我马上去现场，如果你要去，尽管和我一起动身！"

金丝雀，是百老汇明星玛格丽特·欧戴尔的绰号。她是一个性感尤物，兼具高贵与美艳这两种特质，在交际圈也十分显赫，追求者众多。

没过多长时间，我们就来到了金丝雀的家：这是一栋4层的楼房，进入大门就是明亮的大厅。欧戴尔的公寓就在这个大厅的尽头。我又仔细观察了下这个大厅，靠右是一条通往楼上的楼梯，旁边是一台电话，就在欧戴尔公寓的右边，是一个与外界相通的小门。西斯组长正在大厅等待我们，看到我他很高兴，马上带我们一起走入了欧戴尔的房间。

"这就是死者，"西斯指了指沙发，"看样子是曾经在死前与凶手进行过搏斗。"

我顺着他指的方向看去，沙发里果然躺着一个女人，她的姿势很不自然，头和身体都奇怪地扭曲着，脖子上还有一些紫色的瘀痕，死者的脸上还保持着她死时恐怖的神情。我又凑近看了看，她身上还穿着睡衣，一侧的肩带已经断了，应该是被凶手扯断的，而且胸口前的蕾丝也被撕开，腿上还有一朵胸花。

"你看，她手指上有伤痕，看来是以前戴的戒指被凶手以强硬的方式抢走了，不止如此，项链也被生硬地拽了下来。"西斯指了指欧戴尔的脖子，她的肩膀上还有凶手遗留下的一段项链，"看来，这里发生的是抢劫案。"

屋子里的状况反映出的信息的确如西斯讲的那样：整个房间都已经被彻底翻乱了，地上是各种物品，地面上的衣服横七竖八地码放着，桌子椅子都倒了，床垫都被翻了过来。但令人奇怪的是，长桌上放的黑色金属文件盒却没有被打开，上面还插着钥匙，我打开看了看，里面没有任何东西；另外一个奇怪的东西是化妆台上的首饰盒，它已经变了形，旁边还放着一把火钳，看来凶手就是用这把火钳试图打开首饰盒，不过最后失败了。

负责验尸的法医和提取指纹的专家来到了现场。法医验尸结束后，报告说："死者的死亡时间是在昨天夜间 10:00 到 12:00 之间。死者的喉咙前有几道瘀痕，其中有两道最为明显，而她的脖子后方还有两个大拇指状的瘀痕。据推断，凶手应该是以极快的速度攻击没有设防的死者，手法利落，力道很大，所以死者挣扎的痕迹很小。"法医说完，西斯就命令下属把金丝雀的尸体抬走了。

"你现在是怎么看这个案子的？"我问班斯。

"根据她睡衣破损的情形，她在死前一定是猛烈挣扎过的，比如睡衣的蕾丝都被扯开，胸花也被扯落。我们看到的这一切却与刚才法医的验尸报告产生了矛盾，法医的话才应该是真实情况，就是金丝雀在死前未做过多挣扎，就被凶手狠心杀害。

睡衣上面这些不正常的现象，正好说明了这些都是凶手在故布疑阵。在杀害死者后，他故意撕破她的衣服，抢走了她的项链和戒指，好让我们以为这是一件普通的因入室抢劫而导致的凶杀案，另外卧室里还有一些出人意料的地方，让人想不关注都很难。"

"是什么？"我好奇地问。

"你们过来看，"班斯把我们引领到了衣橱的地方，说，"这里，这里非常特别，虽然屋子被翻得非常乱，衣橱也被人打开了，但是它里面的衣服很整齐地码放着，这不是很奇怪吗？按理说，如果是抢劫犯，他会搜遍屋子里的每一个角落，可是他没有这么做。另外，衣橱的内侧还有一把钥匙，没有人可以从衣橱里面来锁上它。"

我说："我明白了，有个人当时藏在衣橱里。"

这时，西斯请来了一个专业的开锁匠内特来检查这个首饰盒。内特看了3分钟后，对在场的人说："这个首饰盒制作很巧妙。开始使用的那个钝具并没有成功打开它，反而把它弄得伤痕累累，盒盖都已经变形了，首饰盒的表面还有很多刮痕。第二种工具是一种金属刀具，他把刀插入到了锁孔内，找准了施力点，锁也就开了，这个人的手法很纯熟，据推断应该是一名惯犯，至于具体是哪一种刀具，我还要再仔细研究。"

另外，指纹专家卡内森也完成了他的工作，说："我们仔细搜查了屋子里的每一个地方，留下的指纹非常少，看来凶手进行过清理工作。不过，在沙发的背面、衣橱内侧的门把手上，我发现了两个指纹，据初步观察，这两个指纹是属于同一个人的。"西斯露出了微笑："干得很好，将这两个指纹与我们的资料库进行比对，凶手一定逃不掉。

"但是，"班斯说，"发现的指纹不代表就是凶手的，而且我感觉这个留下指纹的人不会是凶手。"

西斯有点嘲讽地说："你也是看过很多案件了，推理不能光靠感觉。"

"我们去问一下与这个案子相关的人吧。"我把有点火药味的两个人拉走了。

"你是发现女死者的第一个人？"西斯问欧戴尔的女佣。

"是的，先生。"

"请描述一下事情的经过。"

"我是每天早上 9 点到公寓，今天也不例外，我自己手里有一把公寓的钥匙。当我开门的时候，天啊！我就看到欧戴尔小姐惨死在沙发上，我吓得就赶快报了警，我的上帝。"

"昨晚你是几点离开的？"

"大概是 6 点 50 分。"

"那个时候都发生了什么事呢？"

"我走之前，小姐让我帮她准备一套参加晚宴的礼服，她说她要和一位绅士共进晚餐，然后再去看歌剧，几分钟后，那位男士就来接小姐了。"

"你认识那位男士吗？"

"不认识。"

"你能解释一下钥匙为什么是从里面插的吗？"

"我真的不知道，以往衣橱都是从外面锁上的。"

"好的，谢谢你。"

西斯查问的第二个人是大楼的管理员。

"请问，都有哪几个门能进入这座大楼？"

"正门，还有大厅右侧通道尽头的侧门。"

"这个侧门一般都什么时候打开？"

"早上6点到晚上6点。晚上6点是我离开大楼的时间，我会亲自把这道门关上。"

"如果锁上了，有可能从外边把侧门打开吗？"

"这个绝对不可能，侧门的门闩不是滑扣的，而是老式的铜制旋转扣闩，非常坚固，外边的人不可能打开。"

西斯询问的第三个人是在大楼昨晚值班的接线生杰克。

"你是昨晚几点来上班的？"

"我是10点过来的。"

"你上班后，有没有看到过死者？"

"有的，先生。我就待在电话总机旁，所以每一个到公寓的人，我都能看到。昨晚11点，欧戴尔小姐和一位先生一起回来的。"

"能告诉那位先生的样貌，以及他几点离开的吗？"

"他大概有45岁，个子很高，穿戴很考究，脸也很干净，像是上层社会的人。他是11点半离开公寓的。而且，他还拜托我帮他叫一辆出租车。就在我打电话的时候，公寓里突然传来欧戴尔小姐喊叫的声音，那位先生赶忙跑过去，我也跟着跑了过去。可是当那位先生敲门问欧戴尔小姐发生什么事的时候。里面回答没事，并催促他回家。后来那位先生就坐车回家了。"

"谢谢你，有需要我再找你。"

杰克转头走了，没走几步他又转了过来，若有所思地对西斯说："警官先生，还有一件事很奇怪。我昨天晚上11点接到一个奇怪的电话，他要找欧戴尔小姐，是个男人的声音。我把电话接进去后，过了会儿话筒才被接起，但是有个男人说了声'喂'，我按下了转接键，他们说什么我就不得而知了。可是那个时候，之前那位先生早就已经离开公寓了，我没有再见过别人来找欧戴尔小姐，他是怎么进去的呢？"

"非常感谢你提供这个重要线索。"

"没关系，能帮到您我很高兴。"杰克走了。

结束询问后，我们几个人坐下来一起分析了案情。

"根据刚才他们的证言，欧戴尔在从剧院回来之前，她的房间里已经藏进去一个人。当那位送欧戴尔回来的先生离开后，那个人就从屋子里现身了，我认为他就是凶手，他一定是在夜深人静时，狠心地杀害了欧戴尔小姐。"西斯斩钉截铁地说。

"我同意你的说法，"马卡姆点了点头，"而且这个凶手，金丝雀也认识，当她看到房中突然出现一个人时，自然会吓得叫出声来，而她看到这个人是熟人时，她就平静了下来。而且告诉门外的先生她没有危险，可是她没想到，自己会死在这个熟人的手上。"

班斯接着说："这么说来，那个人是藏在了衣橱里。但他又是怎么进到公寓里来的呢？"

"关于这一点，我们需要问问在杰克之前值班的那位接线生。"西斯回答说。

接线生派瑞被叫了过来："昨晚 10 点前我在值班，一位个子很高、品位不凡的先生来接欧戴尔小姐。9 点左右的时候，还有一个年轻人来找欧戴尔小姐，他长得很英俊，穿了一身很正式的晚礼服，脚上是一双皮鞋。我告诉他欧戴尔小姐不在，他不信，非要亲自去按一下门铃。后来他看到欧戴尔小姐确实不在就离开了。"

"那可能是 6 点前，也就是侧门闩上之前，凶手就从侧门进了公寓，然后就一直藏在衣橱里。"西斯说。

"你的说法可能要被推翻了，"马卡姆说，"我刚才问过女佣了，她说昨天下午欧戴尔没有访客，屋子里也不可能藏人的。因为是她亲自从衣橱里拿出欧戴尔的衣服，并且还打扫过浴室，这两个最可能藏人的地方就都被排除了。我们也看到了，她的屋子一览无余。"

"我想，我还有些问题要问问这个女佣，你帮我把她叫过来吧。"班斯对我说。

"欧戴尔有没有害怕的人？她有没有对你提过？"

"没有。但是有个男人一直缠着小姐，小姐特别想甩掉他。就在一个星期前，我吃过晚饭回来，就听到她和那个男人在另一间屋子里争吵，他们可能没听到我进来吧。那个坏蛋在向小姐要钱，而小姐不答应，所以两个人就这么吵起来了。后来他们听到我发出声音，就安静了，那个男人没一会儿就离开了。"

后来，女佣又描述了一下那个人的样貌，和值班的接线生口中描述的年轻人一样。

班斯说："现在我们已经很清楚了，在女佣离开之前，这间公寓是不可能藏人的。"

"那也就是在 9 点后，凶手才藏了进去。可是为什么他偏偏不搜自己藏身的这个衣橱呢？"我反问。

"你现在还不明白吗？把这里弄得一团乱的是一个人，藏在衣橱里的是另一个人。"班斯说。

"两个人？"在场的另外三个人异口同声道。

"当时，其中一个人应该是被反锁在衣橱里，所以另一个人无法搜这个衣橱。"

"这下更麻烦了，我们连一个人都没弄清是如何进来的，现在又多出一个人，太伤脑筋了！"西斯抱怨道。

二

后来，我们几个人来到了史蒂文森俱乐部吃午饭。

"先生，有您的一封信。"一位侍者对马卡姆说。马卡姆看过信后，有些惊讶。

"各位，很抱歉，我现在有点事。"说完，马卡姆就离开了。

20 分钟后，他回来了。

"写信给我的人，正是昨晚和欧戴尔一起外出的先生，原来我认识他。他住在长岛，是个有身份的人。他也是这家俱乐部的会员，每次来纽约他都会住这里。"

"他和欧戴尔又是什么关系呢？"班斯问。

"情人关系。但是，他不想自己和金丝雀的关系公之于众，一般他们的约会也会很谨慎。当他看到报纸上登出这件命案后，他就非常担心，他俩的关系会被记者发现。所以，他想到了我，并给我写了这封信。"

"关于昨晚的事，他怎么说？"我又接着问。

"他说的情况和之前那几个人说的完全吻合。在他11点半离开欧戴尔的公寓后，就回到了史蒂文森俱乐部，瑞丰法官看到他从出租车下来。然后这两个人就一起玩扑克牌，一直到凌晨3点左右。所以法官可以为他做证昨晚那段时间他没有离开过俱乐部。"马卡姆回答。

班斯说："那他应该就被排除掉了。或者，我们应该查查与欧戴尔关系亲密的一些男人。"

"我去查吧。"西斯自告奋勇说。

下午，我们就在俱乐部等待西斯的调查结果。4点钟，他回到俱乐部，打开小本对我们说："首先是一个叫查尔斯·克莱佛的男人，他也是史蒂文森俱乐部的会员，常出入这里；还有一个叫路易·曼尼克斯的男人，金丝雀1年前把他甩了，两个人后来就没有联系了。最后一个男人，我们刚才已经知道了，就是肯尼斯·史帕斯伍德，他是现在与欧戴尔关系最亲密的男人。"

"辛苦了，西斯，坐下来喝杯茶吧。指纹专家待会儿就到。"马卡姆刚说完，指纹专家就来了。"各位先生，下午好，我们采集到的指纹，是一个叫汤尼·史基的人的，外号叫公子哥，有过偷盗的前科。"

"太好了！马上逮捕他，西斯。"马卡姆挥手示意了一下西斯。

三

我和班斯则拜托马卡姆找来了查尔斯·克莱佛。

晚上8点，我和班斯坐在俱乐部的一个角落里，等待着我们的客人。8点5分，一个身材微胖、面色红润、头发有些花白的男人坐在了我们的面前。他就是克莱佛。

"我知道你们在怀疑我。但是我不是凶手。"

"有证据吗？"

克莱佛从自己的口袋里拿出了一张纸。班斯接了过来，这是一张由新泽西的波顿城开出的超速罚单。"你们可以看一下上面的日期，9月10日晚上11点半。这就是最充分的证据。"

的确完美无瑕，我和班斯相互看了一眼。

"不错，我很爱慕欧戴尔，我们两个人曾有过一段美好的时光。但那些都是过去式了。她是个喜新厌旧的女人，没多久就开始疏远我。不仅如此，她还向我要钱，如果我不给她就要把我们的关系公布。她同样向路易·曼尼克斯也勒索过，她是我迄今为止见过的最冷血的女人！"

说完，克莱佛抢过班斯手中的超速罚单，重新塞进了自己口袋里。

"两位先生，如果没什么事，我要走了。走之前，我还可以告诉你们欧戴尔还有一个情人——林格斯特医生，就住在莱辛顿大道。你们应该没查到他吧。"克莱佛起身离开了。

"我们也走吧，去莱辛顿大道。"我说完，班斯叫来服务生结账。

当我和班斯来到林格斯特医生的住处时，用人刚把我们请到屋里，就看到马卡姆警官也在场。

"昨晚 11 点到 12 点之间，你在哪里？在做什么？"

回答问题的是一个 50 岁左右的男人，身材高大，听完马卡姆的问话，他的脸色变得极其难看，冰冷地说："先生，这与你没关系。"不用问，这个人就应该是林格斯特医师。

马卡姆侧头看到了我们，说："他不承认自己和欧戴尔的情人关系，只说他们是医生与病人之间的关系。"

接下来的僵持让屋子里的气氛有些紧张，我试图打破这种局面，就用温和的语气问医生："您说出来，会对案情有帮助。"

"滚！"林格斯特医生突然爆发了，声音颤抖地说，"你们都滚开，否则我叫人轰你们了！"

马卡姆的脸色瞬间变得铁青，班斯看他马上就要发火，就把他拉出来了。我也跟着一起出来。"这位林格斯特医生太容易发怒了，精神似乎有点不对劲，很有攻击性，你不应该发火。"我对马卡姆说。

"是的，我刚才有些失态。我刚才问了很多问题，他都拒不回答。这种反常表现，只会让我感觉他和昨晚的凶杀案有关，或者他知道一些我们不了解的事情。"马卡姆渐渐恢复了平静。

"话也不能说得这么绝对，警官先生。我倒觉得，他急于摆脱和金丝雀的关系，可能是不想受牵连。"班斯提出了另外一种可能。

"你们两个人说的都有道理。现在下结论还太早。我们先回俱乐部吧。"

我们三个人还没走进俱乐部的休息室。迎面就走来一个身姿挺拔，相貌不凡的先生。

"马卡姆警官，见到您真高兴。我正有事要找您。"

"晚上好，史帕斯伍德先生。有什么事我能帮到您？"

这是我和班斯第一次见这位史帕斯伍德，果真有贵族的气质，儒雅谦和，风度翩翩。

"是这样的，我爱欧戴尔。现在她发生了这样不幸的事，我很难过，"史帕斯伍德的脸上充满了悲伤，"我真的很在乎她，想到她的公寓再去看一看。可是我没有办法，您的部下把现场都封锁了，我连怀念的机会都没有了。"

还没有等马卡姆回答，班斯就说话了："史帕斯伍德先生，你离开欧戴尔公寓时，她的房间里有人对吧？"

史帕斯伍德擦去眼角的一滴泪水说："我想是这样的，当时我听到她的尖叫，可能是她在房间里发现了什么，最大可能是一个人。后来她又说自己没事，我就更加坚信是一个人了。"

"我非常理解您此刻的心情，但是您的请求恕我们无法办到。"马卡姆说。

第二天上午 9 点，史基被抓到了。

西斯当时是在典当行抓到他的，他手里正拿着一枚白金戒指，后来证实戒指的主人就是欧戴尔。可是史基对西斯狡辩说戒指是一周前欧戴尔送给自己的。

我和班斯也被请过去一起审讯史基。

"你在 9 月 10 日晚上，有没有去过欧戴尔的家？"

"不错，9 点 30 分的时候去找过她，但是她不在。我只好走了。"史基不屑地说。

班斯盯了一会儿史基，突然说："当时你在衣橱！那个钥匙孔刚好能看到外面发生的一切！"

"莫名其妙……什么……衣橱……"史基显然被班斯吓住了。

"其中一个人被另一个人杀了，你难道不害怕？"

我看到史基的瞳孔都变大了。

"衣橱里一片漆黑，你看到那个女人倒在沙发后，浑身发抖。突然有人想要打开那个衣橱。砰——他打开了。"

"不要说了！"史基抱着自己的头，大喊，"你不要再胡说八道了！"

史基随后恢复了平静。他恶狠狠地对班斯说："你想用这种方法逼我说出来，不可能！"说完，马卡姆就命令人把史基带回拘留所了。

西斯说："按你刚才的话，他是目睹惨案过程的人。"

班斯说："我不过是猜测。"

"我们现在无法从史基那里知道些什么。不如把他放了，暗地里对他进行跟踪，说不定能发现点什么。"我向马卡姆警官建议道。

马卡姆同意了我的提议，派人跟踪史基。

随后马卡姆又找来了与欧戴尔有关系的另外一个男人——曼尼克斯。

"你和欧戴尔是什么关系？"马卡姆问。

"我们以前交往过。现在没有任何关系。"曼尼克斯的态度比起刚才那位医生，真是要好很多。

"听说欧戴尔曾经勒索过你一大笔钱？"

"不知道您是听谁说的，根本没有这回事。"曼尼克斯的回答很谨慎，我们再也问不出什么了，就让他走了。

下午 4 点，我们又回到了俱乐部。

"你是怎么看待这个案子的？"马卡姆问班斯。

"我认为凶手非常聪明，这件案子也是经过精心布局才完成的。"

"何以见得？"马卡姆很认真。

"凶手用尽心思，要把一件谋杀案伪装成一件入室抢劫案。他仔细设计过每一个细节。就是因为设计得太完美，所以露出了破绽。"

"接着说下去。"马卡姆点了点头。

"屋子里的东西全部被翻倒了，而且被弄得脏乱不堪。受害人身上值钱的东西，如项链、戒指都被人用很大力气拽走，还有那个首饰盒也弄得很破烂。这一切都太刻意了，我们只在小说中才见过这样的描述。"

"说的有道理，一般抢劫案的现场没有这么戏剧化。"马卡姆附和说。

"是的，毕竟现实生活和小说不同。但是凶手把所有抢劫剧情都完整展现在我们这些观众面前，所以一切看起来相当不真实。"

"所以，这不是抢劫。"马卡姆感叹道。

"是的，凶手刻意伪装，无非是想掩盖他杀人的真正动机，同时也想掩饰他自己。能想到并做到这一切的人，一定受过很好的教育，拥有丰富的想象力。金丝雀对于他来说，一定是极大的威胁，唯有杀了她，才能保证自己的生活，否则他是不会冒着如此大的危险选择杀人。"

"可是，开那个首饰盒的工具很专业，说明是一个惯犯做的。和你描述的人又有些不同。这又如何解释呢？”

“我想，那把凿刀是个例外，他应该就是史基的。”

“照你这么说，史基又充满了嫌疑。”马卡姆问。

“这并不矛盾，刚才在审问史基的时候，我就已经假设藏在衣橱里的是史基，他看到了一切。就是他，最后用凿刀撬开了首饰盒。”

“哦——为什么你这么肯定？”

“我们都知道凶手在故布疑阵，所以砸烂首饰盒也是他的计划之一。而他已经做完了这一切，就没有必要再用凿刀来打开首饰盒。所以这两件事一定是由两个人做的。凶手在进行他的杀人计划时，可能也没有想到衣橱里还藏着一个人，而且还看到了自己所做的一切。但是衣橱被反锁了，凶手打不开，只得放弃，也就最终没有发现史基。”

“但是，我们现在遇到了困境，”班斯接着说，“与欧戴尔有瓜葛的人有好几个，而我们又没有证据说是他们其中一个人犯下的凶杀案。”

“我们应该扩大询问的范围。”我微笑着对班斯说。

四

9月13日上午9点，班斯神秘地领我出门。

“我们要去哪儿？”

“去找一个人，她叫爱丽丝·拉佛斯。”

“找她干什么？”

“我们边走边说。”

上了车后，班斯对我讲出了一切原委，原来在班斯检查欧戴尔公寓时，偶然看到了一张爱丽丝的照片，上面有一行小字：

永远属于你——爱丽丝

班斯趁大家不注意时，把照片悄悄收了起来。后来他查到，这个爱丽丝就是欧戴尔的闺中密友。

"哦，我猜你是想从爱丽丝的口中知道点什么。"

"没错，我们必须突破现在这个困境。"

一会儿，我们就来到了爱丽丝的公寓。爱丽丝刚见到我们时非常友好，但是当班斯说明自己的来意后，爱丽丝的脸色突然变了。

"抱歉，两位先生，我什么也不知道，您白跑一趟了。"

"这件案子很需要你的帮助，你是欧戴尔最好的朋友，一定知道些什么的。"

爱丽丝脸上露出了难为情的神色，却依然很坚决地说："我什么都不知道，请回吧。"

"这位小姐如此不配合，我们只有麻烦马卡姆警官来一趟了。"班斯威胁说。

"其实——"

"请您放心地说。"

"其实是我的未婚夫不愿意我对任何人说关于欧戴尔的事。"爱丽丝小声说。

"你的未婚夫是哪一位？"

"路易·曼尼克斯先生，他曾和欧戴尔交往过。"

"据我们所查，凶手应该就是和欧戴尔曾经交往过的男人。"班斯冷冷地说。

爱丽丝听到这个话后，一下子慌了："不可能，不可能是曼尼克斯先生。"

"你为什么这么肯定？"

"我当时和曼尼克斯先生在一起，从10点半到凌晨2点。我们还一起去看了《丑闻》这部音乐剧。"

"对于欧戴尔其他的情人，你了解多少？"班斯转移了话题。

"有一个叫查尔斯·克莱佛，他很爱欧戴尔，即使他们分手了，还对欧戴尔难以忘怀。他9月11日晚上还给我打过电话，说想和欧戴尔叙叙旧情，让我告诉欧戴尔。"

"还记得他打电话的具体时间吗？"

"11点50分左右。"

"欧戴尔以前有位情人叫林格斯特，你知道吗？"

"我知道，他是一名医生，爱欧戴尔爱得几乎发狂。可是欧戴尔四处招蜂引蝶，林格斯特的嫉妒心又特别强，两个人在那段时间经常吵架。林格斯特有一次还说要杀死欧戴尔。

从爱丽丝家里出来后，班斯就问我："你有没有觉得爱丽丝的话有哪里不对？"

"我感觉到了，她在为曼尼克斯做证时，特意把准确时间段说出来，而我们两个谁也没告诉过她金丝雀死亡的具体时间。报纸上也不可能登出这种案件的细节。"

"不止如此，"班斯接过我的话，说，"曼尼克斯居然还警告过爱丽丝远离这件案子，说明他是很在乎的。而且凭这两个人的关系，不足以证明曼尼克斯当时真的不在现场。此外，她说克莱佛在11点50分给他打电话，而我们都知道当时他是在开车，还因为超速被开了罚单，试想一个人怎么可能一边高速开车一边打电话呢。"

"是啊,这一点我没想到。"我深深佩服班斯的智慧。

"如果给爱丽丝打电话就能证明他不在场,为什么又要再弄个不在场证明?还有一个人非常可怕,那就是林格斯特医生,他说过要杀死欧戴尔,说明他在心里确实动过这个念头。而这个人又非常情绪化,相信杀人这种事他不是做不来。"

"那我们现在该怎么办?"我问班斯。

"我们立刻去找马卡姆警官。

我将班斯的发现都告诉马卡姆后,他就派人找来了曾经给克莱佛开罚单的交警。

"是你给克莱佛开的罚单?"

"对不起长官,是我们弄错了。"

"弄错了?"马卡姆问。

"是的,后来经我们查实,那天超速的人是与克莱佛长得很像的弟弟,不是他本人。"

"这可是个重大发现。"班斯对我笑了笑。

这时候,西斯走进了马卡姆的办公室,"报告,当我们得到曼尼克斯的一张照片后,就拿着照片去问公寓的接线生,他们都说这个人经常去公寓,不过是去找2号公寓的一个女人,并非欧戴尔。"

"啊哈,看来这个案子越来越有意思了。"我看班斯边说边笑,"我们待会儿休息一下,去看场音乐剧。"

"你好像最讨厌音乐剧。"我奇怪地问,"去看哪一场?"

"今晚11点的《丑闻》。"

我实在不知道班斯葫芦里卖的什么药。

第二天，9月14日，我和班斯又去拜访爱丽丝。

"你觉得《丑闻》这部剧怎么样？"

"非常棒！我现在都记忆深刻。"

"圣莫里兹那场戏里，谁哭了？"

"这个——是简妮吧。"

"很不幸，你说错了，哭泣的人是约瑟芬。说说你为什么要撒谎，替曼尼克斯说谎。"

"或许是我记错了，记错一个情节，不代表我就说谎了吧。"

"可是，约瑟芬哭泣了整整有10分钟，而且是全场戏的高潮。你不可能不记得吧。"

"可能那个时候我……"

"不要再狡辩了！"

爱丽丝一下子被班斯的话镇住了，她只得承认自己撒了谎，曼尼克斯其实是在午夜过后才来找自己的。

五

我和班斯后来又去找了一次马卡姆警官，听完班斯的话之后，曼尼克斯被当成犯罪嫌疑人抓进了审讯室。

"9月10日11点，你在哪里？"

"我和爱丽丝在一起，看音乐剧。"

"你在撒谎，爱丽丝小姐已经什么都说了。你是在午夜之后才去找她的，所谓的看音乐剧不过是她在为你做伪证！"

"我真的不是凶手，但是我害怕被你们当成凶手。那天，我是去了公寓，但是去2号公寓找芙丽斯比小姐。"

"你是什么时候进公寓，又是什么时候离开的？"马卡姆严厉地说。

"下午差 1 刻 6 点，我从大楼的侧门进去的。晚上 11 点 55 分的时候，我就从侧门离开了。"

"侧门？当时没有锁吗？"

"没有，警官先生。我觉得有一个人嫌疑很大，在我正要离开大楼时，看到有个人从欧戴尔的公寓里出来了。"

"是谁？"

"克莱佛，他鬼鬼祟祟地走出了房间，也是从侧门离开的。"

"这么说来，有人在此之前就打开了侧门的门闩，后来又有人把门闩锁上了，简直太奇怪了！"西斯惊呼。

"还有一件事，金丝雀房里有一个文件盒，里面应该装着信件等东西，可是后来空无一物了，上面还有把钥匙，史基怎么会连信都偷。"西斯又发出了疑问。

"聪明的警官，显然这些信不是史基偷的！"

后来，马卡姆又命令警员把克莱佛也带到了审讯室。

"那个在公路上超速的是你的弟弟，不是你。"马卡姆开门见山地说。

"对不起，我撒了谎，当时我在纽约。但是我编谎言是有苦衷的，欧戴尔真的不是我杀的。"

"9 月 10 日，你去过公寓？"

"是的，我在去公寓之前，给欧戴尔打过电话，不过不是她本人接的，而是一个男人。我一说我找欧戴尔，他就干脆地说不在，立刻挂了电话。"

"那你怎么还是去了呢？"

"欧戴尔这个女人满嘴谎言，我怎么能相信她房里一个男人说的话呢！于是我还是亲自去了一趟公寓，从侧门……"

"等等，你说侧门？"马卡姆打断了克莱佛的话，"侧门没有锁吗？"

"是的，没有锁，当时我也很奇怪，因为这是我第一回碰到侧门没闩上的情况。后来我来到欧戴尔的公寓门前。听到里面传出男人的声音，好像在说："哦，天啊！哦，天啊！我站了有1分钟，就又从侧门出去，回到了自己的家。"

"他的话和曼尼克斯的话还是很相符的。"班斯对我说。

对克莱佛的审讯结束后，有警员敲门进了办公室，他拿来一包用报纸包着的东西。西斯打开后，发现是一包首饰。警员说这些是一个清洁工在公寓附近的垃圾桶里发现的，我们对比过遗失物品的清单后，认为这些就是欧戴尔小姐丢失的首饰。

"看来，真的不是抢劫案，怎么会有人好不容易偷了东西，还要丢掉呢？班斯先生，你的推断是正确的。"

班斯却严肃起来，"我们还没有到得意的时候，如果曼尼克斯和克莱佛没有撒谎，那么凶手就不是他们两个人。很可能他是我们不知道的欧戴尔的另外的情人。"

"叮铃铃——"这个时候，办公室里的电话响了起来，马卡姆接了电话。他严肃地听着对方说着什么，最后马卡姆说："好的，到时候我会在警局里等你。"

"是谁打来的电话？"班斯问。

"史基，他说他知道是谁杀了欧戴尔，并且他明天早上10点会来到警察局，告知一切。"马卡姆有些欣慰地说，"这件案子总算有点眉目了，这个史基千万不要让我们失望。"

但是班斯的脸色一直不好看。

第二天早上 10 点，我和班斯早已经等在警察局，但是一直等到 11 点半，史基也没有出现在警察局。

"天啊！"班斯突然大喊一声，"我真是一个笨蛋！史基有危险，他不会来了！快走，快去找他！"

尽管我们以最快的速度赶到史基住的地方，但还是阻挡不了悲剧。

史基死在了自己租的房子里，并且和欧戴尔一样，是被人勒死的。

警察开始搜查现场，没有发现任何指纹，只在屋子里找到了一打钞票，总共有 11 张。警察还在现场发现一把凿刀。班斯却没有把焦点放在这些线索上，他去观察了史基的晚礼服，一件一件地进行细致的检查。

我永远不明白班斯想做什么。

马卡姆、西斯、班斯和我又回到了俱乐部。"本来已经非常接近真相了。"马卡姆失落地说，"现在史基死了，我们的线索又断了，太糟了！这一切太糟了！"

"这不一定。"班斯说。

"你不要安慰我了，我应该在接完史基的电话后，就立刻去找他，这样凶手就不会得逞了！"马卡姆捶了一下桌子。

"我并不是要安慰你，"班斯平和地说，"史基的死，某种程度上说也暴露了凶手。史基一定在准备告诉我们之前，就在勒索那个凶手，从他房子里搜出的钱就可以证明。"

"那为什么他不继续勒索了呢？"

"可能是凶手给的钱满足不了史基，他就拿向警方告密来进一步威胁凶手。只是史基没想到，凶手最后恼羞成怒，把他也杀掉了。"

"原来如此，那么之前我们询问过的那几个人都要排查一遍。"马卡姆说罢，就命令自己的手下去调查先前的几个人。

曼尼克斯、克莱佛和史帕斯伍德都说自己不在场，而林格斯特在史基被杀的时候恰好中风了，被人送到了医院，至今还在治疗中。

"照这么说来，医生完全排除了嫌疑，自然他也不会是杀死金丝雀的人，因为两起案件的凶手必定是同一个人。而另外那三个人虽然都说自己不在场，但是理由不够充分，所以还是有作案嫌疑的。"

"我到现在还是不明白，"西斯问，"关于那道侧门，到底是谁打开的？又是谁关上的呢？"

"是史基，打开门闩很简单，我们要亲自去一趟欧戴尔的公寓大楼，到那里我会告诉你们，这是一个什么手法。"班斯神秘地说。

随后我们就跟着班斯又一次来到了公寓，到了之后，马卡姆问在现场值班的警员有没有谁来过这里。警员回答只有一名先生来过，他说自己认识死者，想要再看看死者生前住的地方。

"这一定是史帕斯伍德，他之前就和我要求过很多次，但是都被我拒绝了。"马卡姆说。

"真是一个执着的人啊！"班斯感叹。

接着，我们来到了侧门，门闩是打开的状态。班斯不紧不慢地开始说："10日晚上，史基来找过金丝雀，可是在被接线生告知金丝雀不在时，他依然要去敲一敲门，这是一个反常的举动。这个时候是他离门闩最近的时候，当他趁接线生不注意时，就神不知鬼不觉地打开了门闩。"

"后来他又是如何在离开后关上的呢？"我问。

"这也不难。就用一把镊子。"说完，班斯就从自己的口袋中掏出一个镊子，镊子的根部捆绑着一根线，大概有4尺长。然后他把镊子夹在门闩上，再将门闩的把手略微向左转动了一下，他再将线绳从门槛中通过，在门外留大概1尺的线。就这样，他走到门外后，轻轻拽绳子，绳子收紧后带动门闩也动。当门闩横过来之后，班斯突然将自己手中的线猛地一拉，镊子就咣当掉在地上。拉动线绳，镊子就从门缝里拽了出去。

好巧妙的手法，我在心中惊叹道。

"这个说法只是你个人的推断。"西斯说。

"不只是推断。"班斯自信地说，"昨天我检查史基的晚礼服，发现其中一件衣服的口袋里有这个镊子，还有这些丝线。至于镊子是从哪里来的，我猜就是欧戴尔房间里的，这只镊子很像女人夹眉毛用的。史基应该一直在勒索金丝雀，9月10日他又想来找欧戴尔。但是勒索这件事见不得光，他就只能想别的办法偷偷进入欧戴尔的公寓，而不能被别人发现，从侧门进就是最好的办法。他知道欧戴尔晚上会外出，于是趁她不在进入了公寓，想等她回来。可是他没想到的是，回来的是两个人，他唯有先把自己藏起来，而不让史帕斯伍德发现。当史帕斯伍德出了门后，他就从衣橱里出来了，吓得欧戴尔发出尖叫，但是欧戴尔是认识史基的，就没有再呼救了，她就告诉门外的史帕斯伍德自己没事，其实是不想让他知道。随后史基开始勒索欧戴尔，两个人闹得很不愉快，突然这个时候，有电话打进来，就是史基接的电话。再后来，又有人来找欧戴尔，史基为了不暴露自己，就又一次藏进了衣橱，来者就是凶手。史基也因此逃过一劫。他目睹了凶杀案的整个过程，被吓得动都不敢动。直到凶手走后，史基才胆战心惊地打开衣橱门，走出来，看到尸体的人都会很害怕，于是他撑住了沙发。如果被警方发现尸体，他肯定成为被怀疑的对象，所以他第一不能报告警方，第二不能被人发现地离开现场。正当他思索的时候，他可能就随口而出'哦，天啊！哦，天啊！'这样的话语。后来他在现场发现了眉毛夹，也就想到了这个绝妙的方法。可是他虽然成功地擦掉了首饰盒的指纹，但忘记沙发和衣橱内侧也有他的指纹。"

"所以，我们才能顺着这两个指纹找到他。再狡猾的狐狸也会露出马脚。"西斯最后总结说。

"但是现在最关键的一点是，凶手是谁呢？除了林格斯特，每个人似乎都有可能，其中克莱佛和曼尼克斯的嫌疑是最大的。"马卡姆皱紧了眉头。

"我已经想到了一个好办法。"班斯微笑着说。

"快说是什么办法？"西斯和马卡姆异口同声。

班斯说："马卡姆警官，今晚请你把曼尼克斯、克莱佛和史帕斯伍德都请来，不过不是到警察局，而是到你家。"

"来做什么呢？"马卡姆不解地问。

"玩扑克牌。"

马卡姆更加不解了。"玩扑克牌对破案有帮助？"

"帮助非常大！"

班斯满脸的自信感染了马卡姆，于是他就照着班斯的吩咐把这几个人都邀请了过来。

晚上9点，克莱佛、史帕斯伍德坐在了圆桌上，曼尼克斯因为有事没有参加。此外，班斯还请了艾伦先生。牌局设了很高的赌金，大家出牌都格外谨慎。班斯在玩牌时，貌似自然地在看艾伦之后，用手帕擦拭自己额头上的汗水，一共有两次。我了解班斯，他这么做一定有他的目的。

牌局玩到最后，班斯输得最多。其他几个人都得意扬扬地回家去了。

六

9月18日下午1点。

马卡姆、西斯、班斯和我又在俱乐部一起饮茶。马卡姆迫不及待地对班斯说："现在可以告诉我，为什么要玩扑克牌了吧？"

"别急，马卡姆，班斯先生昨天晚上输那么多，说不定还在伤心难过中呢！"西斯在一旁嘲笑。

而班斯完全不理会西斯的嘲笑，高兴地说："我认为我的运气相当好，我得到了我想要的答案。"

然后他又神秘地说："你们知道我请来的艾伦先生是谁吗？他是纽约最著名的发牌手！昨晚我请他的目的，就是做了两把牌。"

我恍然大悟，说："原来如此，你昨天擦汗的动作就是在提示艾伦先生做牌！"

"还是你观察仔细。没错，做两把牌，我知道了凶手是谁。"

"是谁？"三双眼睛急迫地看着班斯。

"凶手就是史帕斯伍德！"

"不可能，我们都没有怀疑到他。"马卡姆有些不可置信。

"昨晚玩牌的时候，我注意了一下，克莱佛是一个相当谨慎的人，如果不是他有把握的牌，他是不会出的，所以他赔得少赚得也少。这也说明他不应该是凶手，凶手应该是一个爱冒险的人。"

"虽然昨天曼尼克斯没有参加，但是如果史帕斯伍德和克莱佛都被我排除，那么凶手无疑是曼尼克斯。"

"你是怎么确定史帕斯伍德是凶手的呢？"

"很简单，他的种种表现告诉我他是一个十足的赌徒。他竟然可以孤注一掷地将所有筹码都推到牌桌中间。其实我通过艾伦先生知道，他手中根本没什么好牌，而我的手中正是一副好牌，我像欧戴尔一样地威胁他，但是他丝毫不为所动，反而加大自己的赌注，甚至到了最高。这说明他不怕风险，宁愿搏一把。所以，他更符合凶手本身的特质。"

"可是你如何解释，明明史帕斯伍德离开后，金丝雀还活着，他和接线生杰克都听到了欧戴尔在房间里喊叫，后来也听到欧戴尔说自己没事。后来他回到俱乐部后，还和法官一起玩牌，有完美的不在场证明。"

班斯摇了摇头。

"这说明他用某种手法欺骗了我们。"班斯说完，就把我们几个重新带回了凶案现场。可是重新搜查的结果还是一无所获。正当班斯都有点丧失信心的时候，他突然看到屋子的一个角落里有一个纸篓，他从纸篓中拿出一张唱片。随即他又翻身去找唱机，原来是在另一侧的墙边。

我也凑过去看了看，唱机柜的上面有一块方毯，方毯上还摆放着一个花瓶。拿开花瓶与毯子，我又打开唱机柜的盖子。里面是班斯和我都喜欢的贝多芬的《C小调交响曲》。

"把它放出来听一听吧。"班斯说，于是开启了唱机。

但是唱机中没有传出美妙的乐曲声音。

"咦，是唱机坏……"

还没有等马卡姆说完，突然从唱机中传出两声女人的尖叫，还有女人的求救声。过了两分钟，唱机又发出女人清亮的声音："不，这里没事，请放心……请回去，请不要担心。"

众人一下子明白了史帕斯伍德的手法。

班斯进一步解释说："这一定是史帕斯伍德特别制作的唱片。利用这些声音来骗过我们，这真是导演了一出好戏，他自己的表演也天衣无缝。凶案当晚，当他和欧戴尔一起回到公寓后，他就杀了人，然后放上唱片，让人误以为那个时候金丝雀还活着。后来他用毛毯把唱机盖好，让人误以为唱机都不怎么用了。相信他肯定是排演了很多遍，才能掌控每一个环节。"

"哦——"马卡姆拍了拍自己的脑门，说，"他回公寓的目的就是为了拿回这张唱片！"

"下面让我来还原一下案件发生的整个过程。"班斯提高了一点声音，"昨天晚上，在史帕斯伍德和欧戴尔回来前，史基已经在屋里了，当史基听到不止金丝雀一个人回来时，他就藏在了衣橱里。后来史帕斯伍德快速杀死欧戴尔，又把屋子弄乱，伪造了一个现场。当史帕斯伍德离开房间后，史基走了出来，他被唱机突然传出来的叫声吓了一跳，于是下意识地用手撑住了沙发。然后在门外，史帕斯伍德关切地问屋里面怎么了，接着唱机又说话了。史基只要稍加思考，就能明白眼前发生的一切。于是他想到了勒索史帕斯伍德。"

"还等什么，我们立刻去找这个凶手！"马卡姆率先冲了出去。

当我们出现在史帕斯伍德的面前时，他显得很平静。

"你们是怎么发现我是凶手的？"

"那张唱片，贝多芬的《C 小调交响曲》。"

"做这一切，我不后悔。我也知道我迟早会被你们抓住。欧戴尔是个吸血鬼，她不仅要榨干我身上的钱，还妄想我和妻子离婚。当我拒绝她之后，她竟然威胁说要告诉我的妻子关于我和她的一切，我没有别的选择，只有杀了她。"史帕斯伍德说得格外平静，"那个叫史基的人也该死，他向我勒索的数字，能超出你们任何一个人的想象。我只能先稳住他，给他一点钱，然后就找了个机会杀了他。他和欧戴尔一样，都是吸血鬼！"

"信也是你偷的吧？"班斯问。

"没错，那都是我写给那个女人的信，我不能让别人看到。就是这样，警官，我想去洗洗脸，干净地和你们回去。"

马卡姆默认地点了点头，史帕斯伍德走进了浴室。

"砰——"

当我们跑进浴室时，只看到史帕斯伍德的尸体躺在我们面前，血染红了地面。

深夜致电

【美】杰克·福翠尔

一

已经很晚了，我睡得很沉，忽然间，电话铃响了。

"该死，谁这么晚打电话来。"我嘴里嘟囔着，不情愿地睁开眼睛，爬起来摸到话筒。

"喂？"我的声音里还带着浓浓的睡意。

对方没有马上回答，而是好像放心一般轻轻舒了口气。

"是你吗，哈奇？"对方问道。

"是我。"这声音很耳熟，但刚刚醒来的我实在还有些迷糊，没有听出到底是哪位朋友。

"有什么麻烦吗？"对方继续问道。

"麻烦？"我有些摸不着头脑，现在我最大的麻烦就是睡得正香时被打扰了，"没有呀。你是哪位？"

"凡·杜森，"对方回答，"没有什么事情，你可以继续睡了，晚安。"说完他便把电话挂了。

原来是"思考机器"科学家凡·杜森，我搞不清楚他为什么深夜来电，不过想到他办事总是那样神秘，也就不再多想什么了。没多久，我又进入了甜蜜的梦乡。

已经是上午 10 点多钟了，因为昨晚那通电话，今早我起得迟了一些。就在我要出门去报社的时候，电话铃又响了。

"哈奇先生吗？"电话那边应该是警察局的马洛里探员，

这会儿我可清醒着呢。

"是我呀，马洛里探员，"我很好奇怎么这些老朋友接二连三地联系我，"有什么事情吗？"

"如果你不忙的话，我想你可以来凡·杜森教授家一趟，教授他——"

"怎么，教授发生什么不好的事情了吗？"联想昨晚的电话，我顿时非常焦急。

"确实有一些可怕的事情，不过现在已经基本解决了。教授并没有什么大碍，正在家中休养。但是我认为你对教授昨晚遇到的事情应该会很感兴趣，而且有朋友陪在身边，对他的身体恢复应该也很有好处，因此就给你打电话了。"

"好的，我马上就到教授家去，"我快速地说，"谢谢你，马洛里探员。"

来到教授家中，他正在休息。除了马洛里探员和一些医护人员，有两位我并不认识的先生，此刻也正在这里。我去的时候，他们正在教授的客厅里谈论些什么。

"你好，马洛里探员，"我上前和他握了握手，"这两位先生是——"

"哈奇先生，这两位是格兰迪森银行总裁霍尔先生以及出纳员兰德尔先生。"

我同这两位银行界的先生打过招呼后，迷惑地问马洛里："这到底是怎么回事？教授没有受伤吧？"

"一切放心，教授应该就快醒了，"马洛里顿了顿，"今天早上 10 点钟，教授被发现晕倒在格兰迪森银行的金库里，是因为缺氧造成的。"

"金库？教授怎么到那里去了？"我非常不解，"那种地方应该是锁着的呀。"

"目前为止，我们对教授是怎样进去的也一无所知，不过好像是和一些企图偷盗银行财产的人有关。"马洛里耸了耸肩膀，"还是先让兰德尔先生给你讲讲他发现教授时的情景吧。"

"对于银行的运作，您可能并不熟悉，不过在这里可以给你透露一点，"兰德尔说，"众所周知，金库的安全措施是非常严格的，有好几道门，每天早上10点钟的时候，金库大门上的时钟锁就会将内部的机械装置转到一个特别位置，让银行人员可以用密码将金库打开。每天我们都在快10点的时候，在金库门外准备好，等着金库打开后，从里面取出账簿和现金开始工作。你瞧，今天也不例外。"

"10点钟的时候，我先是打开金库的外门，然后是第二道门，第三道门，每道门都有一个密码锁，这些程序整整花了我6分钟。一切都和平常一样，但就在我打开最后一道门进入金库，并且打开电灯的按钮，向里面望去的时候，可把我吓了一跳——"

二

兰德尔瞪大眼睛。

"一个人正一动不动地倒在金库里面呢。"

"难道是凡·杜森教授？"我忍不住插话道。

"当时我并不知道是谁，只是一心想着这必定是对金库图谋不轨的人。"兰德尔继续说，"当时我确实吓坏了，马上退出金库，回到办公室思考了一会儿，最后决定派两个职员把这个不知道是晕倒还是已经死了的人抬到我办公室，并且亲自把金库的现金清点了一遍，庆幸的是没有任何财物丢失，这就让我稍稍松了口气。

"而后我们确认他还有呼吸，只是因为缺氧而昏迷了，你知道，金库是密闭的，里面的空气有限，人被关在里面时间久了，自然会出现这种情况。最后我打电话到警局，叫来了马洛里探员。"

"不要说你被吓住了，真正吓一跳的该是我呢，"马洛里接口道，"哈奇先生，你知道当我赶到兰德尔先生的办公室，看到躺在沙发上昏迷不醒的教授先生，是多么惊讶和担心呀。"

"我向银行的先生们解释了教授的身份，担保他绝对不是什么闯入金库做坏事的家伙，即使他是，也不会笨到把自己锁在里面，"马洛里有些愤愤不平地说道，"然后迅速吩咐人把医生找来，那几分钟里，别提我有多么着急了，像教授这样博学和智慧的人如果发生什么不幸，那可真是人类的损失，起码是我们警局破案的大损失。

"幸而医生很快到了，采取了一些救助措施后，教授终于恢复了知觉。"

"他醒来后说了些什么？"我急忙问道。

"他吩咐医生在他的手臂上打一针小剂量的硝酸甘油，显然教授对自己的身体情况很了解，"马洛里说，"还叫我们把银行所有的门都关上，派个可靠的人看守，不要让任何人出去。"

"教授还询问了我们是哪家银行，嘱咐我们暂时不要用金库，"兰德尔先生补充道，"还问我银行里有没有叫克兰斯顿的职员。"

"没错，教授叫我立刻逮捕这个人，"马洛里继续说，"另外还说要把克兰斯顿的同党也一起抓起来。并且有个可能和这个同党有什么亲戚关系的男孩，这男孩也在银行工作，这些人要一起抓起来。现在，所有事都按教授说的那样去做了。我们逮捕了哈利·克兰斯顿，他是个中年人，为格兰迪森银行工作已经很多年了，戴维·埃利斯·伯奇，一位机械工程师，克兰斯顿的多年好友，以及伯奇的外甥理查德·福尔瑟姆，一个身体健壮的男孩，他是机械工程系的学生。我们暂时用一些胡乱的罪名把他们逮捕隔离，只是不知道教授为什么叫我们那么做。"

"教授没有告诉你逮捕他们的原因吗？"我有些迷惑。

"教授的身体当时太虚弱了，我想他是用尽力气把觉得重要的事情交代好，他最后说了句一定要抓住克兰斯顿一伙，详细的情况再慢慢解释，然后便昏了过去。"马洛里说，"之后我们把教授带回家中休养，医护人员说他可能还需要一段时间才能醒过来。我想，哈奇先生，就让我们一起等在这里，等着教授醒来后为我们解开这个谜团吧。"

三

"教授醒来了。"马洛里探员大喊道。

我们全都急切地围了过去。

"哦，大家都在呀。"教授的声音还是有些虚弱，"都按照我说的去做了吗？"

"是的，教授，已经逮捕了你说的人，但是不知道该给他们一个什么罪名。"马洛里说。

"什么罪名？"教授皱了皱眉头，"当然是企图抢劫银行罪了。"

"教授，这到底是怎么回事？是谁把你关在金库里的？"我问道。

"还是让我从头给你们讲起吧，昨晚确实是一场可怕的经历。"教授陷入了回忆和思索之中。

"哈奇先生，你还记得我昨晚给你打的那个电话吗？"他问我。

"当然——"

"我想你当时一定有些责备我怎么搅了你的好梦。不过昨晚可不是只有你一个人被电话吵醒，发生的一切都始于一个深夜打来的电话——"昨晚凌晨 1 点半的时候，我刚刚睡了不到两个钟头，就被电话铃声惊醒了。我非常不快地拿起电话，电话那边是一个男人，他的声音听上去十分焦急，语速也很快，他问我是不是凡·杜森教授，还说有件生死攸关的事情，需要我过去，他在说这些的时候，词句似乎都连在一起了。但是就在他要说出需要我到哪里的时候，电话那边突然没有声音了，然后我听到对方好像在挣扎，他像是用尽了力气一般，想要喊出他的名字，但一阵震耳欲聋的爆炸声传来，我想那是手枪开火的声音。最后听筒安静了，电话被挂断了。

"我当时自然十分震惊，想到可能是谁发生了不好的事情，比如被人劫持。我着急地把听筒架压了好几次，希望能引起电话接线员的注意，但是电话好像失灵一般没有反应。发生这种事情之后，我自然不能再睡下去了，有那么一小段时间，我安静下来，强迫自己集中精力把这件事想清楚。然后我决定和接线员联系一下，希望他能够告诉我刚刚的电话来自哪里。但是可惜的是，那时距离那通电话打进来已经有十几分钟了，接线员在这段时间接了不下50通电话，他并不记得那个号码了。"

"显然这个线索断了。"教授转过头对我说，"当时我极力回想那个电话中男人的声音，虽然一点儿也不像你的，但我还是非常担心，一些不好的想法在我心里交织，所以先是往你的报社打了电话，你的同事说你应该在家。于是我又打通了你家的电话，确认你平安无事——"

"原来是这样。"我终于明白昨晚那个电话是为什么了。

"虽然这件事与我关心的朋友没有关系，但是，我还是不能就此罢手。显然它已经引发了我强烈的兴趣，我也担心那个电话里的男人，所以决定一查到底。穿戴好衣服后，我来到电信局找到夜班经理，把情况和他简单地说了一下，他请我到电话交换室找寻答案。我走入房间时是2点5分，出来时已经是4点17分了，要知道那间房子里有成千上万的电话线路，每张桌上都有成打的女接线员正在忙碌地接着电话，两个小时的忙碌后，我找到一个莫名其妙地被断了线的号码，假设这就是对方打给我的，这个号码是4117。我顺着号码找出对方的地址，然后就准备去了。出发前，我先谨慎地打电话到警察局，请他们把我的电话接到坎宁安探员，向他询问了一下今晚有没有谋杀或谋杀未遂案件的报告，回答是没有。并且也没有人打到警局说自己正面临危险。我想这可能是因为那个遭受威胁的人，有意不愿意让警方知道，所以没有向警方报案，反而打电话给我。"

四

"想明白这些后，我便出发了。我乘出租车来到那个电话所在的地址，那是一栋黑暗的 4 层楼房。到那时为止，我对到底发生了什么还是一无所知。但有一点很清楚，那就是对手有武器，这可是很大的优势。所以我在车里思索了好一会儿，才下车走近这栋楼房。我先在门前按下门铃，但是一连好几次都没有人回应，我这才发现门铃已经被拆了。我试试转动门把手，发现门也上锁了。这一切就加深了我对这个地方的怀疑，我基本确定电话就是从这里打出去的。没有丝毫犹豫，我沿着门边一条通道跑到地下室入口，那里的门没有上锁，于是我走进去，来到一个光线微弱并且潮湿、有臭味的走廊。我站着听了好一会儿，确定周围没有人之后，把手电筒打开，并且尽量举得离自己很远。在黑暗的地方，应该尽量把灯火举得离自己的身体越远越好，这样在遇到危险情况时，比如有人开枪，他会本能地朝灯光瞄准射击。这是个重要的自我保护措施，后来证实确实管用。

"在手电筒的光照下，我看清楚面前这走廊，里面满是废弃物、墙壁长满了霉斑，走廊上有两个侧门，并有一段通往楼上的楼梯。我谨慎地检查了一下地下室，发现这里除了旧垃圾和灰尘，什么都没有，显然很久没人住过了，于是我走上楼梯到楼上去。在那里我又花了一点儿时间探寻，同样也没有什么发现。接着我再沿另一道楼梯来到 2 楼，依然什么都没有。再到 3 楼，还是如此。我有那么一刻想这应该就是间废弃的屋子，准备打道回府了。但是，我还是决定再谨慎地观察一下。这次我发现临街的前房结构和楼下的一模一样，走廊也是，只有靠后面的大房间不同。那房间的地板上堆满了垃圾，并且灰尘遍布。但就在这些中间似乎有一条被人走出的通道。我沿着这条通道向屋后走去，那里有一部电话！凭借着微弱的灯光，我看到电话上面写的号码正是——"

"4117！"我被这个故事深深吸引，此时大喊出来。

"没错，哈奇。这一刻我才肯定给我打电话的男人以及那个开枪的人就在这里。我检查了这部电话，但是上面没有被子弹擦过的痕迹，也没有其他异常的地方。电话上还布满了灰尘，显然已经很久没有用过了。所以我认为应该是有人把电话线接到了别的地方，所有的一切都是在那里发生的。于是，我沿着电话线查看，它一直蔓延至窗外。当我正要到窗边看看电话线是往上走还是往下走的时候，突然屋里的某处传来响声。我赶忙关掉手电，一动不动地静立着。那声音越来越清晰了，是噼啪作响的脚步声，一开始我觉得那脚步声离我非常近，有一段时间甚至走到了我所在房间的门口，并且走了进来。当时我想，我们一定是同处一室了。他进房间后并没有开灯，只是向我这个方向走了过来，就在我觉得他几乎要碰上我的时候，我突然向前伸出自己的右臂，将手上举着的手电筒按亮。"

"是谁？"我插嘴问道。

"手电的亮光划破四周的黑暗，在我鼓起勇气打开它之前，已经做好了会看到一个凶恶大汉的准备，但是，并没有任何人。房间仍是空的，除了我自己没有其他人。我正在奇怪的时候，脚步声又响起了。我迅速关掉手电，并且向左走了几步。此时，我困惑极了。我往后退进而躲在一个衣橱的阴影中，像石雕般静止不动，眼睛望着黑暗的房间。就这样，我听着那神秘的、感觉就在我身边的脚步声时而消失时而响起，直到最后没有动静了。我终于想明白了，脚步声并不是从我身边传来的，而是来自楼上。要知道，一个人在黑暗中常常不容易辨别出声音的来源，关键的是，从楼上房间传来的声音，尤其是脚步声，会比从身边传来的听得更清楚。我判断刚才有人在楼上的房间里。他在那里干什么？会不会在那里切断转接过的电话线？带着这些疑问，我踏上了通往4楼的楼梯。这一次，我本是信心十足地想要有所发现，但是上楼后，映入我眼帘的仍是一片废墟。我径直走到窗口，这时天已经快亮了，微红的曙光开始从东方照耀过来，借着那亮光，我刚好看到窗边挂着一根电线。我仔细地看了看，发现那电线原来被引到了一楼下面的地下室。"

"可是，地下室你在刚刚进门时就检查过了呀。"马洛里探员问道。

"可那时我没有找对入口。这一次我并没有从原先进来的门出去，而是转到楼梯后面，果然那里有另一扇门，那里可以通往地下室下面的地方。那地方非常的潮湿，发霉的味道不断向我袭来，我忍住这些，在门口等了一会儿，听听没有什么动静后，我小心翼翼地踏进这个黑暗的地方，并且沿着台阶往下走。走到第4阶时，楼梯突然发出咯吱咯吱的声音。我在这个地方顿了顿，确定没有危险之后继续往下走，第10阶、第11阶、第12阶、第13阶、第14阶，终于，我踏上了柔软的泥土地。那里黑极了，什么都看不到，也感觉不到，我就那样在黑暗中盲目地站了一会儿，不知道应该向哪里张望。最后，我决定，还是大胆打开手电看一看——"

五

凡·杜森教授停了停继续讲。

"当亮光照到右前方的地上时，眼前的情景真是让我倒吸一口冷气。泥土地上有个仰面朝天躺着的年轻人，看起来是个男孩，双脚被绳子绑住，双手被绑在身后，眼睛被亮光照住时眨个不停。我问他是否就是给我打电话的人，他没有回答，但是我看他能够眨眼并且挪动四肢，明显并没有失去意识，所以我又问了一遍，希望他能赶快开口。要知道，我可是为了他才半夜不睡觉来冒生命危险的。他依然没有说话，这时一道闪光划过，有人向着手电的方向开枪！幸亏我对此早有防备，因此子弹并没有伤到我，但我就势倒地，假装晕死过去，想要用这假死的办法一探究竟。

"就在我倒地之后，我听见一个男人大声喊叫，似乎在责备另一个叫克兰斯顿的男人不该杀了我。那个叫克兰斯顿的，显然是这件事的头儿，也是个心狠手辣的家伙，他对把我打死并没有任何自责，反而冷静地想要划亮火柴检查一下我是否真的死了。幸亏另外一个男人说不想看到死人的模样，因此才作罢。那个男人一直责备那个叫克兰斯顿的，说他不应该把事情搞大，不想成为谋杀犯。克兰斯顿却想连那男孩一起杀了，好像是害怕他把什么事情说出去。

"那男孩大声叫喊，保证自己不会对任何人说，求他们不要杀他。听到这，我多少有些明白了，给我打电话的必然是这个男孩了，他应该是发现了以克兰斯顿为首的这两个男人的什么不法勾当，又因为和他们有些关系，所以不想报告给警察，就打电话给我。可惜中途被发现了，生命受到了威胁，因此在我刚刚问他话时，他什么也不敢说了。

"就在我把事情逐渐捋顺的时候，那个叫克兰斯顿的又说话了，他叫同伴一起把我抬出去，这两个粗暴的人就这样把我抬出屋，扔进了装煤块的箱子里。我在那个肮脏的地方待了大概有半个小时，确定他们已经进屋不会再回来后，我从那个鬼地方爬出来，一边庆幸自己命大一边活动了一下我那可怜的已经痉挛的四肢，然后又走进了地下室下层的入口。那时，天已经亮多了，脚下的路清晰起来，我轻巧地走下阶梯，尽可能不发出声音，还特意记得避开会嘎吱作响的第 4 级台阶，我想先前就是因为这里暴露了自己。

"等我再次踏上那块差点要了我命的泥土地时，那里已经空无一人了，我在地上慢慢摸索刚刚掉在这儿的手电筒，找到后打开向周围照了照，那些家伙确实已经走了。我一个人在这空旷、昏暗又潮湿的房间里查看了一下，在我前方就是那个被绑起来的年轻人刚才躺着的地方，四周靠墙的地方有一些堆起的泥土，好像最近才被挖掘过似的。再往前，哈哈，果然有一部电话，话筒上还有被子弹划伤的痕迹，一切猜想都得到了证实。电话旁边是一条地道，像是最近才开始的工程，我想墙边那些土堆可能就是从这里挖出来的。

"我没有犹豫，径直走进地道，一路上我都十分小心，地道很长，像是没有尽头，一路上我都时刻注意避免头碰到地道上方，而我的面前则是发出腐烂臭味的暗洞。这真是我最难过的一夜了。终于，在地道约 35 英尺的地方，乍看下好像是到了尽头，仔细一看，才发现是转了一个大弯，转过去后，依然是一条笔直的，似乎没有尽头的地道。我当时真是烦躁极了，心想这帮人一定是要干件大坏事，不然可不会费这么大的力气。再走了大概 20 英尺后，地道逐渐变窄变矮了。

"终于，地道的尽头到了。那是一扇门，我蹲在门边，掩住手电筒的亮光，在黑暗里从门上的裂缝往里看，依稀可以看到门外有电灯发出的光。我不知道那是哪里，但我想，那肯定是我的目的地了，也许是个秘密集会的场所，这谁也说不好。但是我不能退缩，必须往前走，因为你瞧，我已经费尽心思走到这里了，不能在距离真相一步之遥的地方放弃呀。于是我大胆地把门打开，走了出去，来到一个灯火通明的地方。

"让我难以置信的是，我正站在地下铁路中！在我的右方，发亮的铁轨在远方转个大弯不见了，左方的铁轨则转入山洞里。但是，左右两边都看不到车站的踪迹，这真是太奇特了。一时间，我还以为自己还躺在家中的床上正在做梦呢，但是远处传来火车行驶的轰隆声又告诉我，发生的一切如噩梦般的事情都是真实的，只不过很奇特而已。轰隆声中火车向我的方向驶来，我迅速退回到刚刚走进来的门里，掩上门，等待火车通过。火车过后，我从门后钻出来，掩上门，忍不住开始欣赏这巧妙的设计。原来这道门就是火车隧道里大片砖墙的一部分，如果不仔细看的话，根本就看不出这里有道门。这一定是个聪明的家伙想出来的方法。

"我转身跨过轨道到另一边去，开始仔细查看这边隧道墙壁上的砖块，如果我没有猜错的话，地洞还没有结束，只不过因为地下铁路中断了一点，想要继续的话，一定要从这边的墙壁开始。果然，10分钟后，在和刚刚那道门对应的位置上我找到了一块松动的砖，用力拉出后，可以看到砖后有个洞。

"这就是另一条泥土地道了。虽然事情进行到这里，我越来越感到严重性和危险性，但又实在经不住那地洞以及地洞前方真相的诱惑，于是决定带上手电继续前行。大概走了30英尺，地道转了个弯，我进入一个看起来像地窖的房间。我先是关上手电仔细地听了听，确定周围没有声音后，我又打开手电往房间里面走。在前方，有几级粗糙的阶梯，向上通往一道敞开的活动门。

"但就在我考虑是否要打开活动门的时候，一阵飓风似的气流在黑暗中从我右边冲来，有什么东西飕飕地掠过我的头顶，现在想来应该是火车，但是当时我一下子没有回过神来，陷入慌乱之中。手电掉在地上找不到了，周围又暗了起来，我想活动门外虽然也可能是一片黑暗，不过至少比留在地窖中安全吧，所以我本能地沿着阶梯跑上去。

"就在我刚刚打开活动门，还没有看清楚什么的时候，一阵嘈杂的脚步声朝我的方向跑来，我想应该是那两名恶徒，他们一把揪住我，在黑暗中我们开始一番打斗，我从活动门中逃了出去，不知道是谁把活动门从外面紧紧关上，我想他们认为我会在里面窒息而死，这样他们的秘密就不会泄露出去了。我当时并不知道这是银行的金库，只感觉这地方仿佛是密闭的一样，空气在我身边一丝一丝地消失，我逐渐呼吸困难，意识模糊起来，当时我想，如果我就这样死在这个神秘的地方，那我岂不是永远弄不清这件事情的真相了？而且，我想我的朋友们也不希望科学界中最有价值的头脑会就此消失，因此我一直告诉自己要坚强一些。后来，我慢慢地倒了下去，直到被这位出纳员先生发现，后面的事情大家应该都知道了。"教授舒了一口气。

"马洛里探员，罪犯的身份弄清楚了吗？"教授问道。

"已经全弄清并把他们逮捕了。那个克兰斯顿，是格兰迪森银行的职员；另外一个是他的好友戴维·埃利斯·伯奇，一位机械工程师；而那个给你打电话的男孩，应该是伯奇的外甥理查德·福尔瑟姆。"

"这就没错了，我想这两个人应该是费了很大的心力，才完成了这个不小的工程。要干好这件事，既要对银行特别熟悉，也要有高超的工程学知识，要知道，要找准方向，准确无误地进入金库，可不是简单的事情。不知道他们这个地道挖好了多久，但我想，他们还没有动手的原因，应该是在等着一笔大款项的到来，好大赚一笔。我说得对吗，霍尔先生？"

"是的，我们预计一个礼拜后会有一批约值 300 万元的金条从欧洲运过来。"银行总裁霍尔先生说，"这真是太可怕了，幸亏有您及时发现，不然就——"

"各位，事情的来龙去脉想必你们应该非常清楚了，"教授继续说道，"马洛里探员，我想请你不要追究那个叫福尔瑟姆的男孩的责任，他没有报警实在是因为想要保护自己的舅舅，而他确实和那两个人不是一伙的，他是个不错的孩子，这件事不应该把他也牵扯进来。"

"好的，从法律上看，他也并没有错，等警局询问之后，他应该就可以回家了。"马洛里探员说。

"那太好了，既然这样，各位也赶快回家吧，我已经没有什么事情了，谢谢先生们的关心。"教授笑了笑，然后把头转向我说，"哈奇先生，你再留下来陪我一会儿吧。"

大伙儿走后，我留了下来。

教授走到我的面前，表情严肃地说："记者先生，要知道当我深夜接到求助电话，第一个想到的就是你的安危。我知道你向来对犯罪新闻最感兴趣，所冒的风险不小于任何一名探员。所以你以后一定要处处小心，不要让我为你担忧呀。"

温泉别墅

【英】欧内斯特·布拉玛

一

一天傍晚，路易斯·卡莱尔侦探敲响了盲侦探马科斯·卡拉多斯的门，后者在少年时的一次郊游中不幸被树枝刺瞎了双眼。但这并没有妨碍卡拉多斯的生活，反而让他拥有了敏锐的听觉与灵敏的嗅觉。他生活得就像一个正常人，而不是一个盲人，而且他还是一位破获了许多古怪离奇案件的名侦探。

"哈，路易斯，昨天你没来参加我们的聚会可真遗憾，快坐吧，怎么样，你到那里的时候，那位邻家绅士有没有继续那种经常性的献礼行为？"

"没有，"卡莱尔先生愉快地打量了一下老同学的房间，笑着说，"虽然挺让人失望，但是这事确实没有发生，马科斯。"

原来，昨天一早，刚刚从特雷斯科岛度假归来的卡拉多斯就打电话邀请卡莱尔参加一个小小的聚餐活动。"有两位朋友要来看我，一位是马诺尔，一个很有名的探险家；还有一位是医生，虽然他生活在东区贫民窟，但知道很多事。我们约好今晚聚餐。我猜你可能对他们很感兴趣。怎么样，你能来吗？"卡拉多斯在电话中问道。

"当然乐意，我想他们肯定有很多故事可以和我分享。时间定在晚上几点？"卡莱尔先生愉快地问。但还没等卡拉多斯回答，他突然想起了什么，懊恼地叫了起来，"哦，天哪！抱歉，伙计，我刚想起来我今晚有一个约会。我要到格罗厄特荒原的庄园。我那可爱的侄女埃尔希和她的丈夫很早就邀请我在今天晚上去他们那里吃饭。看起来这顿晚餐并不重要，但侄女的一片心意我不能推脱。要是我没有按时到的话，我想，我那可爱的侄女将变得很可怕。"

"那倒是。"卡拉多斯表示非常同意老同学的判断。

"哦，我都快忘记了，我答应去吃饭其实还有一个特别的原因。埃尔希有一个奇怪的邻居，是一位快退休了的老头儿。他经常把动物的肾脏扔进埃尔希的花园。"

"哦，我的上帝，扔肾脏？"

"是的，马科斯，这事听起来既疯狂又荒诞，但是埃尔希正因为这件事处于绝望之中。她想听一听我的建议。"

"太不可思议了。埃尔希都不用为今晚的晚餐准备材料了，路易斯！"

"可不是嘛！如果这个人不幸患上了疯病，他的症状一定一眼就能看出来，今晚没准会扔牛排过来呢。当然，也许他不过是个喜欢救济小动物的慈善家——埃尔希在花园里养了条狗，名字叫史坎普。总之，我会调查一下这件事，然后告诉你。"

"调查吧，"卡拉多斯很赞成卡莱尔先生的计划，"那么，明天请你过来吧。我很想听听你调查的结果。"

挂掉电话之后，卡拉多斯便把这件事抛在了脑后。直到见到卡莱尔，他才想起来这个邻居开的恶劣的玩笑。

卡莱尔先生听了卡拉多斯的讲述之后，显得很高兴。因为侄女的邻居在昨晚挺守本分，没有再次开这种无聊的玩笑。他对卡拉多斯说："你所知道的，我侄女的那个邻居所做的只是一部分罢了。现在，那位可爱的老头儿越来越神秘。挺长时间了，没有一个人在温泉别墅附近见到过他。除了那些每天早上都需要被史坎普填埋的肾脏，没有什么证据能证明那个老头还活着。"

"等等，"一直在倾听的卡拉多斯突然打断了卡莱尔的话，"你刚才是说温泉别墅？

"是啊，没错。那是我侄女的庄园所在的地方。"

"我记得格罗厄特荒原好像有一个叫作温泉宫的地方，以温泉而闻名。默特劳比似乎在那里居住过。"

"你说的没错，我亲爱的朋友。默特劳比，那个作家、科学家、旅行家确实在那里住过一段时间。"卡莱尔的语气很确定。

"他是科学家？你在开玩笑吗？"卡拉多斯笑着说。

"当然是，如果招魂术之类的也算是科学的话。"卡莱尔耸耸肩，"直到去世的前几年为止，他就一直住在那里。哦，那里以前是一座很旧的红房子，不过自从地铁开通之后，格罗厄特荒原突然繁荣起来，整个地产都被一家地产公司买了下来，建起一个聚居区，埃尔希就在那里住着。那里有条路就叫作默特劳比路。"

"我这里有一本叫作《飘出圆屋顶的火焰》的书，是默特劳比写的最后一本书，一本胡说八道的玄学思想大杂烩，他送给我的。算了，不提这个怪老头了。你侄女的那个邻居的怪癖怎么样了？你想出解决办法了吗？"

"哈哈，对那个疯子，我可不认为埃尔希有必要小题大做。我让埃尔希给那个邻居一张便条，我写的便条。也许会管用。"对待侄女的遭遇，卡莱尔显得非常乐观。

"你认为他是个疯子？"

"哦，不，他可不是一个被精神病医生确诊的家伙，只是不知道他脑子里是不是进了水。不过不管怎么说，通过他的所作所为，我可以相信，他至少疯了很大的一部分。"卡莱尔的语气很确定。

"也许，"卡拉多斯沉思道，"也许还有其他原因吧。"

"你是说他其实是个正常人？"

"我可不是那个意思。我只是想，他要是正常人的话，那么他为何要这么做？要是他没疯，他这样做对他可不是什么好事。其他事他有做过吗？"

"其他事？他扔肾脏，让小狗史坎普陷入狂乱，破坏了埃尔希整理得井井有条的花圃。如果埃尔希不让史坎普继续看花园，花园仍旧会受到因为闻到战利品的气味而闯进来的各种动物的侵犯。这个邻居也太让人头疼了。马科斯，你能告诉我他的行为有什么企图吗？"

"大概会得到史坎普的亲近。史坎普是一条称职的看门狗吗？路易斯。"卡拉多斯用他那双失明的眼睛看着卡莱尔，冷静地说。

"我的天！"卡莱尔猛地跳了起来，"你的意思是他想入室行窃？我得马上去埃尔希那里走一趟！"

"那座房子值多少钱？"

"不知道。"卡莱尔恢复了平静，坐了下来，想了想，"我侄女夫妇是很节俭的人，没什么值钱的东西，连现金都很少。"

"这么说，他没有入室行窃的必要。我一开始就觉得这个可能性非常小。因为如果只是为了这个目的，把生冷的肝脏扔到地上岂不是更好，何必费力把买回来的内脏煮熟？"卡拉多斯分析道。

"听起来是那么一回事。那他为什么不嫌麻烦？"

"恐怕他是想给你侄女的花园找些麻烦吧。"

"他就是个疯子。这种费力不讨好的事，只有疯子才能做出来！"

"还有一种可能，他想要闯进花园后，抹去自己留下来的蛛丝马迹。"

"可是，马科斯，我们刚刚已经说过，这不是为了入室行窃，这个男人出于什么原因做了这件事？"

卡拉多斯的脸上此刻出现了一丝诡秘的笑容，不同于他往日的沉稳安静。"这件事存在很多种可能，路易斯，你说过，埃尔希是一个让人着迷的小女人——"

"哦，不，我的上帝！"卡莱尔不高兴地说，"你的猜测太可怕了，我拒绝考虑这种脱离实际的说辞。"

"别激动，"卡拉多斯平静地笑了笑，"在那种环境下发生这种事的可能性同样非常小。不去看一看，始终难以下结论。希望你给我这个任务，也就是亲自去调查一下。"

"没有问题，马科斯，"卡莱尔先生十分热情地回答，"到此刻为止，只要你留意的事情，一定都能得到圆满的解决，我相信你。"

卡莱尔咕哝着，拿起一支笔。卡拉多斯微笑着走到桌子旁边，对卡莱尔先生说，"我想，你需要亲自写几句话给你的侄女，总要简单介绍一下我吧。"

"当然，"卡莱尔小声嘀咕，拿起钢笔，按照卡拉多斯的口述写好便条。卡拉多斯叠了一下纸片，然后放到了袖珍笔记本的其中一页里，说："我明天就去。"

当晚，卡拉多斯没有再谈到这个话题。但他的随从帕金森发现主人整晚都在全神贯注地阅读那本《飘出圆屋顶的火焰》。

二

按照卡莱尔的承诺，第二天的下午，卡拉多斯先生就抵达了温泉别墅。一位工人正站在修整过的前花园的路上，与一位站在房子旁的年轻美丽的女士交谈。

"我敢肯定，夫人，我比任何人都胜任这个工作。"这名工人说道。

"我非常相信这一点，"女士回答说，"但是，你看，这些园艺的杂活儿，我们自己就能办到，不需要另外雇人。谢谢你的好意。"

工人被拒绝后，徘徊了好一阵才恋恋不舍地离去。

卡拉多斯知道这位女士就是老同学的侄女——埃尔希·贝勒马克。他上前做了自我介绍，并将要求卡莱尔写好的便条递给埃尔希。

埃尔希接过便条，只见上面写着：

亲爱的埃尔希：

送信人是卡拉多斯先生，之前我曾经和你谈过这个人。他并没有疯，尽管他经常做些古怪的事。我相信，如果你悉心听从他的建议，你将永远平安。

你亲爱的叔叔　路易斯·卡莱尔

埃尔希心存疑虑地接待了叔叔的这位古怪朋友，将他引入一间通向房屋后面的草坪的布局精巧的客厅。

"刚才一听到你跟别人说话，我就知道你肯定是贝勒马克夫人。"卡拉多斯笑了笑说。

"是不是我说话的腔调和路易斯叔叔有几分相似？"埃尔希聪明地猜到了原因。

"是的，也可以说是专属于他侄女的腔调。声音对我来说意义重大，贝勒马克夫人。我不仅可以通过声音识别和确认人的身份，还可以通过它来识别和确认他们的情绪甚至思想。只言片语以及声调，由耳朵接收，效果有时比最锐利的眼睛所见还显著。"

卡拉多斯富有哲理的话让埃尔希不禁对面前这位坦率、大方却又深藏不露的盲侦探产生了一些畏惧。"我真有点儿怕和您说话，卡拉多斯先生。我的一些小秘密可能就这样被您知道了。"她多少有些不安地笑着说。

"那就请不要在我面前藏有任何的秘密，哈哈哈。"卡拉多斯豪爽地笑道，"开个玩笑。好了，或许我们能聊一聊你那个奇怪的邻居。把炖过的肾脏抛到你的花园里，这件里里外外透着古怪的事吸引了我。你的叔叔路易斯认为你的邻居或许是对小动物爱心泛滥的偏执狂，或者是一位精神错乱的厨师。我却认为他的行为有着明显而且正常的目的。"

"哦，这事确实很荒诞，让人无法理解。我都快为此而绝望了，"埃尔希皱起了眉头，"不过，现在这个问题已经没什么好在意的了。您大老远地专程赶来，可能是浪费宝贵的时间了，卡拉多斯先生，我对此感到非常抱歉。"

"不不不，时间当然宝贵，但是也只有在我浪费它时，它才对我有宝贵的价值。你不要为此而说抱歉。相比起来，更重要的一点是，这件事就这样过去了吗？路易斯说他写了一张纸条，让你转交给你的邻居。难道是这张纸条解决了困扰你的问题吗？"卡拉多斯诧异地问道。

埃尔希面带忧伤地站起身，走到落地窗前，充满感情地望着外面花园里那些她亲手栽种的果树，然后叹了口气，说："我并没有将纸条交给我的邻居。我们很快就要离开温泉别墅了。这件事我没有告诉路易斯叔叔。我怕他为此感到难过。"

"为什么？你们不是在这住得很好吗？难道是因为那位邻居的疯狂行为？"卡拉多斯惊讶地发问。

"不，并不是因为花园里那些总会出现的肾脏，尽管它们确实令人讨厌，卡拉多斯先生。"埃尔希笑了笑，努力冲淡心中的忧伤，"您大概已经听出来了，我的心情并不太愉快，当然，您大概看不出来我有黑眼圈，虽然它似乎与我的帽子非常匹配……这不是因为我的邻居，而是与我丈夫的生意有关。我的丈夫罗伊是一位制图员，他和几个合伙人一起开了一家建筑公司。我们在公寓住了两年，后来罗伊的公司效益很好，我也一直渴望有一座花园，我们就冒险买下了这所房子。没想到，这家小公司现在经营不佳，需要一小笔资金周转。几个合伙人找到了一个愿意提供 2000 英镑的人，也是一位制图员，这个人要求在公司中占一个位子。这么看来，罗伊就不得不离开公司。"

"哦，这听起来太糟糕了！"卡拉多斯同情地说。

"事情倒没那么坏，几个合伙人非常想留住罗伊。他们说，只要罗伊能筹集到 1000 英镑，他们就会保住罗伊在公司的位子。现在，他们希望罗伊能在下周一做出答复。要么筹集到 1000 英镑，留下来，要么就只好走人。现在的职位是罗伊好不容易得到的。再找一份同样的工作，不知道要花多长时间。我们现在必须想方设法把这所房子卖掉，回到公寓去。要这么短时间卖掉这所房子，只能看我们的运气了。卡拉多斯先生，这件事您千万不要告诉我叔叔。路易斯叔叔并不富裕，如果他知道罗伊的处境，很可能会去筹钱借给我们。这不是我们所希望的。罗伊和我的意见一致，我们会回到公寓去，绝对不向人借钱，即使是路易斯叔叔。"

"如果你不希望我说，我是绝对不会说出来的。但我不明白的是，为什么你允许邻居继续那种骚扰？在我看来，这种骚扰可能很不利于你打算卖掉房子的计划。"卡达多斯有些固执地用那双失明的眼睛望着埃尔希。

"哦，是的，您说得有道理，"她说，"其实，这是因为我希望那个男人能愿意接收这所房子。"

卡拉多斯听到这句话，心中一动，感觉自己仿佛抓到了事情的关键。但他的表情并没有变化，不动声色地继续问埃尔希："哦，有这个可能吗？"

"有的。我的邻居很想要这所房子。我们刚搬过来的时候，还没收拾妥当，他就找上门来，说自己听说这所房子准备出租，可他知道的是早已过时的消息。后来，这位邻居——我忘记他是叫约翰逊还是琼斯了——一直劝我们把房子租给他。他列举了一堆的理由，先是说房子不够好，排水管好几个月没人修了，最后还说这房子十分不安全，随便一个小偷都能轻松溜进来，也唯有他，能忍受这么多缺点。他建议我们找更便利的房子，他还承诺，如果我们同意转卖，他会额外付给我们 50 英镑。"

"这可太奇怪了。他有没有解释过执意要买这样一所到处是缺点的房子的原因？"

"他自己说这是因为他是一个具有稀奇古怪幻想的老头子。后来旁边那所房子一完工，他马上就搬了进去。"

"哦，既然如此，那么他应该不再需要你这所房子了。"

"我不这样认为。他那所房子里似乎没有什么家具，就一个人住在那。而且他往我的花园里扔东西的古怪行为，可能是因为他更想住在这。"埃尔希满怀憧憬地解释。

卡拉多斯点了点头："确实有这个可能，你知道你的这位邻居以前的事吗？"

"这里的送奶工曾经跟我们的用人提起过他。据送奶工说，这里以前有座大房子，叫温泉宫，我的邻居以前就是温泉宫的管家，并且他不叫琼斯，更不是什么约翰逊。但是，我无法保证送奶工的话准确无误。"

"或许是真的吧，因为你的邻居显然很依恋这块土地，"卡拉多斯答道，"我不能过多地打扰你了。不过，在我离开之前，可不可以让我看看你的花园呢，贝勒马克夫人？"

"当然可以，"她点了一下头，和卡拉多斯一同站了起来，"看完了花园，我想请您喝茶。如果您有时间的话。"

三

答应了埃尔希提出的共进下午茶的邀请，盲侦探卡拉多斯一边在女主人的指引下走向花园，一边提出请求说："你能允许我的随从现在到花园来吗？我有点事想让他做。"

"您太客气了，卡拉多斯先生，没什么不行的。"埃尔希按响电铃，把女佣叫了过来。卡拉多斯吩咐女佣去叫他的随从帕金森带着书过来，自己则在埃尔希的陪同下闲逛到草坪上。

"这个花园可真够大的，都是你一个人在打理吧？"卡拉多斯不无赞赏地对面前这个虽然此时遭遇逆境，但仍怀着普通英国女人所具有的那种值得赞美神态的小女人说道。

"是的。对于我来说这是我的一大乐趣。罗伊虽然工作很忙，但是也会帮我做对我来说有点困难的工作。您怎么知道的？是路易斯叔叔告诉你的吗？"

"哦，是你自己告诉我的。我初来这里时，你不是正在拒绝一个在园艺方面唯利是图的人打算提供的服务吗？"

"哦，原来如此，"埃尔希笑道，"那个人叫埃隆斯。他太讨厌了，一直喋喋不休。前一段时间，他一次又一次到这儿来，试图说服我雇用他。最过分的是，有一次我们正好都在外出，埃隆斯居然自行闯进花园要开始工作。幸好我及时回来，制止了他。"

"这真是太无礼了，听他的口音，埃隆斯是本地人，对吗？"

"好像是的，他自称比任何格罗厄特荒原的其他人更清楚这儿的土地和这一带的事，"埃尔希噘了噘嘴，下意识地表示不太相信那位执着的园丁夸下的海口，"哦，他还说他曾经在温泉宫做过 7 年的园丁工作。"

"哈哈，看起来埃隆斯先生和你的邻居一样，也是个对这块土地非常忠诚的旧日家臣。"

"或许吧。埃隆斯看上去很贫穷，可是愿意以一天 2 先令

6便士的报酬来这工作。说实话，这个价格确实够便宜的，我听说其他人做这样的工作，每天要4先令。"

卡拉多斯若有所思地点点头。这时，帕金森已经来了。卡拉多斯指了指草坪，说道："你从客厅拿把椅子出来，待在这儿。"

"好的，先生。"帕金森了然地回答，背对房子坐下，打开书。那是一本被加工过了的书，书页里嵌着一面设计巧妙的镜子。当卡拉多斯跟埃尔希散步一圈回到接近帕金森待着的地方时，卡拉多斯有意拖延自己的步伐，而帕金斯则默契地低声告诉主人"这所房子的那个老邻居现在正在从较高的一间房间盯着你，先生"。说这些话的时候，帕金森并没有将眼睛从书页上挪开，装作一副正在认真看书的样子。

卡拉多斯不动声色地紧走几步，赶上女主人，问道："你不觉得这个草坪很适合玩门球吗？"

"好像不太适合，草坪太小了，不是吗？"埃尔希对卡拉多斯思维的跳跃有些不适应，略带疑惑地回答。

"我倒觉得足够大了，甚至只要现在的五分之四大就足够了。场地大小对于门球这种并不复杂的运动来说不是很重要。"一边说，卡拉多斯一边开始步测草坪，随后似乎又不太满意这种误差很大的方法，开始用他的手杖更精确地划分。埃尔希被卡拉多斯的举动迷惑了，以为这位盲侦探真打算在这里打门球。"路易斯叔叔在便条里说的没错，这真是一个爱做些怪事的人。难道卡拉多斯先生打算租下这所房子吗？"她有些不解地想。

利用测量草坪的机会，卡拉多斯又接近了自己的随从。"他现在正拿着一个双筒眼望远镜站在窗口。"帕金森恰到好处地配合主人，低声示意。

"我现在要走出他的视线，"卡拉多斯同样低声对随从指示，"你注意看，如果他显得很急切，请告诉我。"说完，他换上一副喜悦的表情走回到埃尔希身边，说，"这块草坪可以分成不错的小块土地，不过需要平整一下几块不太平坦的地方。"这样说着的同时，卡拉多斯走到一个更远的围栏的角落。那里对于正在偷窥的邻居来说，正是他现在无法看到的地方。

虽然不明白盲侦探到底想干什么，但是埃尔希还是很配合地陪着卡拉多斯在院子里转。"我们原本决定把这个花园之外的空地作为菜园，种点蔬菜。"她解释道。

他们走到了花园的边界处，然后又回到帕金森待的地方。帕金森此时看上去仍旧全神贯注地埋头于书本中，但他现在从背对房子变成了背对隔开了两个花园的重叠搭造的橡树围篱。"他快步走下去，仔细地察看篱笆，先生。"帕金森低声向主人报告。

"很好，我知道了。你可以回车上去了。"卡拉多斯一边说，一边回到客厅，陪女主人享用他之前答应过的下午茶，然后说，"非常感谢，贝勒马克夫人。我要告辞了。我想送你一株小小的山楂树，我觉得你的花园里正缺这么一株。不知道你喜欢吗？"

贝勒马克夫人感到很不可思议。"谢谢您，卡拉多斯先生。但是……这有必要吗？我们应该会在下周一之前离开这里的。"

"哦，我记得的，除非你丈夫能在下周一准备好1000英镑，否则你们就要考虑搬走。但是我认为你们非常有必要接受我的山楂树。"卡拉多斯相当肯定地回答，"我暂时不能做太多解释。不过，我之前带来了路易斯的便条，贝勒马克夫人。我有些不记得他都写了些什么，现在，你能不能读一遍给我听呢？"

埃尔希不好意思地吐了吐舌头，知道叔叔的好朋友在拐弯抹角地批评她。"您这是在暗示我做出让步。"读完便条后，埃尔希笑着说。

卡拉多斯笑着点点头，说："现在，我建议你说服你丈夫，星期一前不要拒绝公司的提议。此外，要求你做的事，你一定要不打折扣地完成。这些你可以做到吗？"

"好吧，卡拉多斯先生，"她考虑了一会儿说，"您是路易斯叔叔的朋友，也就是我们的朋友。我会照您说的做。"

"谢谢你，贝勒马克夫人，"卡拉多斯高兴地说，"请相信我，我会尽力不让你失望的。"

"哦，是的，我不会失望的，因为我一直就不敢抱什么希望。您看，我现在正处于一片黑暗之中。"

"这并不可怕，贝勒马克夫人，我在黑暗中待过近乎20年。"

"哦，我很抱歉！"埃尔希为自己的一时失言感到非常懊恼。

"没什么，贝勒马克夫人。那么，再见了。我想，你很快就能收到我的关于山楂树的信。"

四

卡拉多斯所说的"很快"确实很快。他离开温泉别墅还不到两天，周六中午，贝勒马克先生刚刚走进庄园的时候，埃尔希就收到了卡拉多斯发来的电报。

"哦，罗伊，我们怎么会碰到这么多疯狂的人，先是我们的邻居每天往我们的花园扔那些恶心的东西，然后是埃隆斯执意要在这里低薪工作，现在，看看这封电报吧，看看路易斯叔叔的怪朋友要带什么给我们。"

罗伊接过电报，只见上面这样写着：

请准备好开沙丁鱼罐头的刀、水手的罗盘和香槟酒。我将于 6 点 40 分带着保罗猩红来。

——卡拉多斯

"我猜这是密码，"罗伊猜测道，"卡拉多斯先生带来的这位绅士是谁？"

"哦，保罗猩红是一种山楂树，开红色花的山楂树。这是他之前跟我说过的。但是，竟然还要一瓶香槟酒、一个罗盘、一个开沙丁鱼罐头的刀！我真想不出来，它们都是干什么用的？"

罗伊自作聪明地猜测："有技巧的人也许会用开沙丁鱼罐头的刀打开香槟酒的瓶塞。"

"得了吧，罗伊，就算是这样，罗盘做什么用？难道是开瓶之后用来指点回家的路？亲爱的，别猜了，你肯定猜不到卡拉多斯先生到底要用它们做什么。我们还是按他说的准备东西吧。"

"嘿，你知道吗，我有一条旧式表链，上面恰好挂有一只小罗盘。"罗伊眉飞色舞地说。

"哦，好吧，好吧，我也正好有一只开罐头的刀，像公牛头那么大。但是我们家没有香槟，你去买一瓶，好吗，罗伊？"

"亲爱的，你确定我们真的要准备好这些东西？"

"我确定，罗伊。如果我们不准备好，也许会误事。卡拉多斯先生已经要求我保证按他说的去做。而我想他要做的事一定是对我们有所帮助，至少也能够给我们带来快乐，不是吗？"

"好吧。一小瓶香槟，我这就去买。"罗伊苦着脸摸了摸口袋。

"不对！要大的，相当大的香槟酒！"埃尔希的要求让罗伊觉得自己的口袋更干瘪了。但他还是按照妻子的要求从商店买回了一大瓶香槟酒，并在整个下午都在琢磨这些东西的用途，甚至忘了做他的园艺活。

刚好是在 6 点 40 分的时候，贝勒马克夫妇听到了汽车由远及近驶来的声音。一辆私家车停在了他们的门前。帕金森先下了车，将车门打开，将一棵小树拿出来放到贝勒马克庄园的走廊里，卡拉多斯也随后跟了上来。

"这是北美洲的保罗猩红山楂树，不仅能开出鲜艳的花朵，还能结出鲜红的山楂果。你一定会喜欢的。现在，我可以为它选择种植地点吗，贝勒马克夫人？"卡拉多斯对走出来迎接的埃尔希说道。贝勒马克先生也来到大厅，被妻子介绍给盲侦探。他被吊起了胃口，有些急切地说："卡拉多斯先生，我们不要浪费时间了，现在几乎没有太阳光了。我们应该赶紧把树苗种好。"

"说得对极了，"卡拉多斯拍了拍手，"而且这种树需要深植，我们要挖一个深坑。"于是，埃尔希打头，三个临时园丁穿过屋子，走进花园。

"贝勒马克夫人，我记得你提到过，你的那位怪邻居曾经说这房子的排水管坏了，我想它应该就在这里。你能告诉我它的位置吗？"

"哦，上帝，我的玫瑰园！"埃尔希当然知道那条该死的排水管在哪里，她为此几乎难过得要哭了。"哦，卡拉多斯先生，我宝贵的玫瑰园！"

　　"我很抱歉，贝勒马克夫人。但是你最好先不要急着痛心，一会儿可能还有更坏的情况出现。现在，我必须找到它。"卡拉多斯寸步不让，但同时也对埃尔希与那些玫瑰花的深厚感情给予了一点关照，"我们可以在旁边找找，尽量不伤及你的小玫瑰们。现在，你必须保证贝勒马克先生的探测不能受到任何干扰。"

　　在埃尔希心碎的目光注视下，如芒在背的贝勒马克终于在 5 分钟后找准了位置，开始挖掘。大约挖到半尺深的时候，一节破碎的排水管被挖了出来。

　　"很好。现在，请把我让你们准备好的罗盘拿给我。"卡拉多斯满意地点了点头。

　　原本在妻子面前很自豪地提到自己所拥有的那只罗盘的贝勒马克先生现在显得有些不好意思："很抱歉，卡拉多斯先生，我只有一只非常小的罗盘。您看，它只有这么一点大，不知道行不行？"

　　"哈哈，贝勒马克先生，不用抱歉。它再合适不过了，你是绘图师，我希望你从破碎的管道这里横跨花园画一条线。很好！现在，请沿着这条线找到 9 码 9 英尺 9 英寸的那个点。"

　　"哦，不！我的洋葱地！卡拉多斯先生，"埃尔希惨叫着，恳求一点都不为那些洋葱的命运痛心疾首的盲侦探，"您不能考虑一下用那块芜菁地代替吗？那儿还没有播种。"

　　"贝勒马克夫人，我能感觉到情况确实很糟糕，"卡拉多斯说，"但是，我坚持要在那里挖一个半径 1 码的洞，其他任何位置我都拒绝考虑。动手吧，贝勒马克先生。"

　　贝勒马克对妻子耸了耸肩，在卡拉多斯指定的地点挖起来。

大约挖了1英尺，他满头大汗地停了下来，"我想已经够深了，卡拉多斯先生，可以种树了吧？"

盲侦探根本没有测量那个洞的打算，只是站在一边摇头。"哦，亲爱的贝勒马克先生，还不够，继续挖。"

贝勒马克只好继续低头猛挖。过了一会儿，他再次喊道："现在它有2英尺深啦！"

"继续挖！"卡拉多斯不为所动。

挖到2英尺6英寸的时候，贝勒马克停下休息，再次企图说服悠闲地站在一边的那个"可恶"的瞎子："现在我想应该够了，种那棵小山楂树绝对合适。"

"我已经计划好了，你只管继续挖就行。"卡拉多斯仍旧坚持自己的计划。贝勒马克只好继续挥舞铁锹，又挖掉一层泥土，足足挖了3英尺深。卡拉多斯这次终于走到土坑边上，用手杖探了探，然后说："现在，把铁锹扔掉，用耙子再挖松6英寸，我想这个深度应该就没问题了。"

贝勒马克按照盲侦探的吩咐，改用耙子刨开土面。突然，他感到铁耙擦碰到了某个硬物。站在一边的卡拉多斯敏锐地察觉到了这一点，连忙命令道："轻一点儿，就是你刚才挖到的那个东西，把它取出来，那是一个半磅重的可可粉罐。"

"太神奇了！你似乎连这个土块里是什么都知道得一清二楚，现在我都等不及要验证答案了！"贝勒马克将挖出来的一个沾满泥土的可可粉罐抛给妻子，"快看看这里头是什么东西，埃尔希。"

他们大惑不解又若有所思地看着对方。只有卡拉多斯神色自若："别急，贝勒马克先生。我想你的妻子现在还无法确定里边装着什么，"卡拉多斯笑着说，"泥土和罐子几乎黏结在一起了，我们需要小心地清理。现在，请将挖出来的泥土填回去吧，这里的泥土被很好地疏松了一遍，而且 6 英寸的深度对于保罗猩红也足够了。"

贝勒马克现在已经彻底被卡拉多斯的神奇表演折服了，一丝不苟地执行盲侦探的命令，由着他折腾。麻利地做完这一切，贝勒马克迫不及待地将工具丢在一边，拉着埃尔希回到客厅里，看着妻子，说："你说过，你有一个大大的开瓶器，亲爱的？"埃尔希恍然大悟，马上跳了起来冲进厨房，拿了一个笨重的东西回来，交给丈夫。

就在贝勒马克准备动手的时候，卡拉多斯郑重地说："开始吧，贝勒马克先生将有一个惊人的发现。"

贝勒马克紧张地将满是泥土、铁锈的可可粉罐子小心翼翼地打开，匆匆瞄了一眼，有些失望地嚷嚷："里面好像都是纸！"

卡拉多斯敏捷地抽出里面那一小卷纸，捻动着，发出刷刷的声音。

"上帝呀，那是钞票！每张面值 100 英镑的钞票！"埃尔希惊讶地喊道。

"我猜一共有 50 张。"卡拉多斯边说，边点数。"20，21……50，正好 50 张，我猜对了。"

"天呀，共有 5000 英镑！"贝勒马克嘟囔道。

卡拉多斯从钞票里面抽出 10 张，伸手递给埃尔希，"贝勒马克夫人，你们眼下正需要一笔钱。而这 1000 英镑正是你的，请把它们拿去吧。"

"什么？是、是、是给我的？"埃尔希激动得有些结巴了，"可、可是，这些钱不是我的，我没有权利接受呀！"贝勒马克先生在一边也点了点头，表示赞同妻子所说。

卡拉多斯对这对正直的夫妻颇为欣赏地笑了笑，说："放心吧，贝勒马克夫人，你其实有权利要求得到更多。如果没有您的话，真正的主人永远找不到它们。而且，我这里有你可以合法拥有这些钱的其中一部分的证明。"说着，他从随身携带的袖珍笔记本中抽出一张纸，放在桌上，"这是一份文件，是法律顾问宾斯特德和普利盖特先生签写的。"

贝勒马克先生拿过那份文件，一边看，一边大声念出了上面写的字："考虑到埃尔希·贝勒马克所提供的有价值服务，由于及时发现和主动递交了亚历希斯·默特劳比名下的 5000 英镑的现金，宾斯特德和普利盖特先生代表管理人和亚历希斯·默特劳比的近亲给予埃尔希·贝勒马克相应酬谢，据此文件执行！"

"太不可思议了，我好像是在做梦一样！"埃尔希失神地喃喃自语。

"为了证明你不是在做梦，我们需要用什么东西来庆祝一下这个奇妙的发现。"卡拉多斯微笑着建议。

"哦，我差点忘了，香槟！卡拉多斯先生，您真是一个神秘的人，您把一切都安排好了，罗伊，开香槟！"埃尔希兴奋地喊道。

于是，小小的庆祝酒会开始了。卡拉多斯先生用陈述事情真相作为下酒的佳肴。

五

"大约 1 个月前，"卡拉多斯等贝勒马克夫妇镇定下来后，开始说道，"有人在多份报纸上刊了一则广告。

　　服侍过格罗厄特荒原温泉宫的已故的亚历希斯·默特劳比、了解他的习性癖好和行动特征的人，尽快联系贝德福特路76A的宾斯特德和普利盖特事务所，重酬。

　　"那时我就注意到了这则广告。正是这则广告让你们有了一个古怪的邻居和遭遇廉价园丁纠缠。广告中提到的亚历希斯·默特劳比，我想你们已经知道，他原本就住在这里。

　　"早在 1916 年，默特劳比的律师们发现，默特劳比那个时候从银行里取出了价值 5000 英镑的金子。这件事发生的 6 个月后，默特劳比去世了。而他把之前取出来的金子放到哪去了，谁也不知道，也没有任何证据表明默特劳比用了这些金子。直到去世前，他一直靠他的收入过活，像个吝啬鬼一样。很显然，默特劳比把金子藏在了某个地方。但没有人知道有关金子的保存地点的暗示或秘闻。后来，默特劳比的房子被拆掉，建起了聚居区，许多人搬到了这里。但是默特劳比的律师并没有放弃对 5000 英镑金子的追寻。在想不出其他办法的情况下，他们发布了我前边所说的那条广告。

　　"广告发布后，只有两个人先后去过贝德福特路 76A。律师将事情的来龙去脉告诉了他们，并保证如果他们能提供有助于找到那笔钱的信息，会视结果给予一笔报酬。第一个人知道了原委后就走了。他就是你们的怪邻居，真名叫约翰逊·福斯特，是默特劳比从前的管家。第二个人接受了委托，他就是埃隆斯先生，以前的花园园丁。而那 5000 英镑的金子，就是现在你们眼前的这 50 张钞票。现在，我想你们大概能猜到你们的邻居每天朝你的花园里扔肾脏、埃隆斯先生一直纠缠不休要给你们做园丁的原因了。"

"可是，5000 英镑金子为什么会变成 50 张钞票？默特劳比先生又为什么把它们藏在这里呢？"埃尔希好奇地发问。贝勒马克显然也同样好奇，放下酒杯，凝神倾听下文。

卡拉多斯抿了一口香槟酒，说道："这事就要从头说了，默特劳比可以说是一个怪人。在经历了很多事之后，默特劳比研究并接受了招魂术这种在我们看来荒诞不经的东西。

"就在几年前，默特劳比在整理《圣经》的《启示录》、扎迪凯尔的历书和基督教科学创始人玛丽·贝克·埃迪夫人的全集时，得出世界末日将会在 1919 年的 10 月 10 日发生的结论。他对此确信不疑，开始思考如何在大灾难发生后保住他的钱。

"默特劳比并不指望自己会在大灾难中活下来，因为他相信招魂术，所以他坚信通过这种法术，他留在这个世界的钱在他死后去的世界里依然能够使用。至于世界末日，默特劳比坚信那只是物质世界的末日，而灵魂世界会一如既往地持续不变，他的钱财会在灵魂层面上完好无损，供他使用。他的想法得到了一位'善良'女士的热情支持。那位女士甚至热心地表示，愿意替默特劳比保管银行存折，等默特劳比死后再转到他所在的世界。显然，这位女士的热情是针对默特劳比的钱而产生的。默特劳比当然没有糊涂到接受那个女人的提议。他不相信自己以外的任何人，决定自己亲自做这件事。默特劳比的计划是把钱财存放到只有他自己知道的某个地方，死后自己来取。这听起来似乎挺恐怖的。

"总之，为了实行自己的计划，默特劳比取出了价值 5000 英镑的金子，把它们弄到了温泉宫，放到了一个牢固的橡木制成的保险箱，在村庄的西部选了一个地点埋藏它们。为了不被人察觉，默特劳比找了个最适当的时机做这件事，但没想到还是被园丁埃隆斯偶然看见了。当时，默特劳比撒谎说他埋葬的是他心爱的鹦鹉，埃隆斯被骗过了。但是他后来把这件事当成主人的一桩笑话，讲给了管家福斯特和其他人。当时大家都没有怀疑，但默特劳比惶恐不安，觉得自己的金子不安全了。所以，几天之后，他又把金子挖出来，带到英格兰银行，兑换成了这 50 张钞票。然后，他把钞票放进可可粉罐子里，埋藏在了温泉宫的正东方。比起橡木保险箱来，可可粉罐子小得多，更不容易被找到。默特劳比对此非常得意，觉得不用再担心自己的钱被人拿走。

"当然，默特劳比显然是一个骄傲的英国人，尽管他的名字让他看起来更像犹太人。他坚信虽然世界末日肯定会在那一天发生，但英格兰银行一定会照旧经营下去，英镑也不会因为世界末日而变成废纸。很多时候，你确实难以猜透这个人的思维方式。

"在做完这一切之后，默特劳比又想到了一个问题：他的记忆力并不够好。默特劳比很庆幸地意识到自己有一个靠不住的、会背叛他的记忆，并且也考虑到死亡可能会造成一部分记忆的损失。他害怕自己死后，那混乱的记忆会让他在另一个世界弄不清楚自己的钱放在哪儿了。默特劳比解决这一问题的办法仍然是常人想象不到的。1916 年的夏天，他出版了一本奇怪的著作，书名就是《飘出圆屋顶的火焰》，主要内容是他的末世论。在这本书的结尾，他做了一番手脚，称留了一篇名为《变色龙的寓言》的文章。在这段文字中，他对他那5000英镑财产的存放环境做了含糊的说明，还将保存时的诸多细节记了下来。书出版后，他把它送给了认识和不认识的人们，我当时就得到了一本。他用这种方式，给死后的自己留了一张'藏宝图'。而他没有想到的是，他所预言的世界末日并没有发生，而且他所留下的'藏宝图'也被我破解了。虽然为此我很想对默特劳比说抱歉，但是我想他也根本没什么机会回来拿走这笔钱。

"好了，这就是这件事的来龙去脉，贝勒马克夫人。我之前已经叫我的车子8点钟准时来接我。现在，我该告辞了。"说着，卡拉多斯站起身来。

"卡拉多斯先生，这么多钱我们不可能拿走！这是您找出来的。"埃尔希带着有些困窘的表情喊道。

贝勒马克也有些犹豫地说，"卡拉多斯先生，您是否愿意将它当作是一笔贷款呢？"

卡拉多斯转过身，微笑着面对贝勒马克，轻轻摇了摇头。

埃尔希明白了卡拉多斯的意思，说："我很清楚，卡拉多斯先生您并不看重这1000英镑，而这1000英镑对于我们来说非常重要。我们就不客气地收下您的这份厚礼了。谢谢您，卡拉多斯先生，您把光明带给了我。"

"可是，我们总得做点什么来感谢卡拉多斯先生！"贝勒马克不好意思地表示。

埃尔希摇了摇头，望着盲侦探，说："什么都不用做，对吗，卡拉多斯先生？"

"贝勒马克夫人帮您圆满解决了问题，贝勒马克先生。"卡拉多斯爽朗地笑了笑，坐上车，离开了温泉别墅。

菲利摩尔街窃案

【英】奥希兹女男爵

引言

"唔，那件案子还没被破解……"一位年轻的女士拿着报纸，站在面包店窗前望着街道外若有所思。

"什么案子，新的小说吗，宝莉·波顿小姐？"面包店的侍女好奇地问道。宝莉·波顿小姐是面包店的常客，与店内的侍女彼此熟悉，侍女知道她是侦探小说爱好者，这次难道又有新的小说面世？

"哦，不是小说，是一个真实的正在发生的案件，前几天的报纸都有追踪报道，但这几天却毫无音讯了。"

"什么案子，我很好奇，说来听听。"

"钻石失窃案。"突然，面包店内的角落响起一个苍老的声音。宝莉与侍女向声音的发出者望去，只见前几天一直出现在店内，却什么东西都没买过的老人又出现了，这次老者没有像往常般逛逛就走，而是坐了下来，点了一杯牛奶、一块乳酪蛋糕，沉默地吃着，然而过了一会儿，老人依然还在吃着，并没有讲述的欲望。于是宝莉去店内报刊处取出前几天的报纸，递给侍女，说："这几张报纸记载了这次的案件，你仔细看看便知，我猜想钻石的盗窃者应该是那流浪汉，太可疑了。""流浪汉？好的，我看看。"侍女翻开报纸，案件展现在她的眼前。

一

此时，正是 1 月 15 日的凌晨时分，D21 警官来到位于菲利摩尔街附近的英国富商名绅聚居区。这些宅子一栋连着一栋，并不是彼此孤立的。这个街区正处于中间三岔路口的终点，从外围望去，这里就像是一个大写的字母"F"，而宅区正处于"F"中间短横线的中点，是个死胡同。上面横着的末端连接着肯辛顿的高街，而竖着的那条直线的末端则延伸到了菲利摩尔街。此时，D21 警官就站在这三岔路口处，面对眼前的那条死路，直愣愣地盯着，不敢有丝毫的懈怠，生怕错过些什么。

突然，警官的眼睛亮了一下，紧紧地盯住前方一位行人。这个家伙边走边回头看着什么，一直贴在墙壁上，利用墙壁的阴影小心翼翼地前行，样子极为鬼祟，像是在躲避着什么。作为有着高度洞察力和警觉性的警官，D21 警官同样是在黑夜的掩盖下，一直静悄悄地跟在他的身后，看看这人到底在玩些什么把戏。

这样一走一跟，不知不觉，警官发现那人在街尾的一栋住宅外面停了下来。常在此地巡逻的警官很清楚，这里是菲利摩尔街 22 号。没过一会儿，只见一个身上只穿着睡衣的人疯了似的从房子里面狂奔出来，猛地扑在那个鬼鬼祟祟的家伙身上，并大声尖叫着："快来人啊！警察在哪里啊，有小偷！"那个家伙奋起反抗，双方僵持不下，也不顾硬石子路面的坚硬，倒在地上厮打起来。

"我是警察，都快住手！"D21 警官一边大声喝止，一边极为费力地把两人分开。

那可疑之人，竟然是流浪汉。

在警官的制止下，穿长睡衣的人终于冷静下来，支吾了半天，终于颤抖着声音告诉警官，他的主人，一位钻石商人——诺普先生的钻石刚刚被偷了！原本穿睡衣的仆人，在房间里面忙着自己的事情，并没有发现什么异常。直到听见通向花园的门被砸开的声音，又有其他人来向他报告说，先生的钻石不见了，就在刚刚，他一刻也没有迟疑，立即从楼上冲了下来。后来就看见这衣衫褴褛、行为可疑的流浪汉。出于自己的经验和判断，他断定，这人必然就是小偷。此刻，仆人一口咬定，这家伙就是那个小偷，绝对没错，控告他偷窃都是轻的，一定要再加上一条私闯民宅罪，才算是让这家伙罪有应得。而且，他还强烈要求警官立即对这流浪汉进行搜身，因为那钻石必然在他身上。

钻石可是价值不菲的物品，的确够治很重的罪，念及此，D21警官仔细盘问二人。

"请问你叫什么名字？"警官面向穿睡衣的人问道。

"罗伯生。"

"那诺普先生呢，他此刻不在家里吗？"

"先生昨晚就出城去了布莱顿，临走前一再嘱咐我要看好家。现在却发生了这样的事情，叫我如何向先生交代啊！"仆人为难地说着。

"放心吧，我们警方会给你们一个交代的，请全力配合我们的工作。"警官面色平静地说。

接着，那位警官转过身来，看着流浪汉，问道："你又是什么人？"

流浪汉没有流露出一丝恐惧的神情，甚至连表情都没有任何变化，他一再保持着沉默。忽然，他像是想到了什么的样子，开始疯了一般撕扯着自己的衣服，先是外套、背心。一见他肯脱下自己的衣服，让他们搜身，罗伯生像是怕对方反悔似的，扑向那堆破破烂烂的衣服，仔细地翻找着。此时，流浪汉脸上开始一点一点地流露出神秘的微笑，他仍旧是没有说些什么，并准备动手脱自己余下的内衣。

见到他这样疯癫的举动，警官出声制止，说道："够了！现在你只需要回答我的问题就可以了，你为什么这么晚了还要到这来？"

"什么为什么？这不是伦敦的街道吗，修好了就是让大家走的，我只是路过。"流浪汉趾高气扬地反问着。

"你撒谎，如果你不说实话的话，我有权再给你加上一条妨碍公务罪！"警官气得握紧了拳头。

"哦，我确实是不小心就路过了这里，因为我迷路了，其实我也不想这样。"流浪汉懒散地回答。

见到警官没有说话，流浪汉乘胜追击，痞痞地说着："警官大人，您看这么晚了，既然您没什么事情，我就先走一步了，祝您开心。"

二

这时，另一些警官也陆续赶来了。罗伯生越发焦急，生怕警官会错把流浪汉放了。虽然嘴上没有说些什么，但 D21 警官总觉得有些诡异，有一种说不出来的感觉。眼下，他没有思考清楚事情的来龙去脉，并没有应允流浪汉想要离开的话，只是语气平和地建议他把衣服穿好，再把事情的来龙去脉详细讲清楚了。因为在室外冻了一会儿，这位仆人打起了喷嚏，在他不断的喷嚏声中，警官了解到事情的始末。

据仆人讲，菲利摩尔街 22 号的主人是个珠宝商人，名叫费迪南·诺普。一直处于单身状态，以前有过几个结婚对象，但最后都分开了。他在这里辛辛苦苦为诺普先生工作已经超过 15 个年头了，主人对他也很信任。

"要知道，我可是唯一一个可以和主人一起住在屋里的伟大仆人呢！"说到这里，仆人自豪地吹嘘着。

案发之前的那个晚上，就像从前无数个晚上那样，住在 26 号住宅里的另一个大珠宝商，店面位于南奥得利街的徐普门先生来到这里跟诺普先生度过了一个快乐的夜晚。徐普门先生同诺普先生志趣相投，两人很早就成为无话不说的好朋友。案发当晚，诺普先生收到从布莱顿寄来的"急件"。诺普先生从仆人手里接过信件，打开看了看信的内容，并没有多说些什么。他皱起眉头，看起来有些忧虑的样子，随后叫罗伯生拿来当地的火车时刻表，让他赶紧收拾好行李，备好马车，嘱咐罗伯生看好家，锁好门窗，并且慎重地告诉他一定要看管好书桌里那些珠宝，特别是钻石，自己要马上出门。

在这里工作了这么久，他对主人的生活和性情都十分了解，罗伯生大概猜出了是怎么回事儿。一定是因为主人的哥哥，也就是那位爱米尔·诺普先生病重了，诺普先生急着去探望。那位哥哥现在在布莱顿，因为身体一直不太好，所以选了海边疗养。这两兄弟感情一直很好，来往也很频繁，听到哥哥病重的消息，身为弟弟的诺普自然要一刻也不能耽误地赶过去了，因为说不定，这是兄弟俩的最后一面了。

可是，令人惊讶的事情发生了。在诺普先生离开之后，罗伯生读了那封信。信上的署名是杰·柯林斯的医生，而不是预想中的他的哥哥寄来的，信中写了这样的内容：爱米尔·诺普先生正处于弥留状态，活不了几个钟头了，他让被请去为之看病的杰·柯林斯医生马上跟弟弟费迪南·诺普先生取得联系，要他立刻来见最后一面。

后来，更加令人难过的事情就发生了：玻璃被撬，钻石被盗，整个屋子一片狼藉。

讲述完事情始末后，罗伯生心情更坏，哪怕是喝了杯热饮，也止不住浑身发抖，声音还是那么的嘶哑。警察根据罗伯生的述说检了屋子的门与那个装着钻石的书桌，的确被破坏得不成样子，应他的要求，流浪汉被带到警察局里。

但对流浪汉的盘查很不顺利，他完全是一副事不关己的样子，绝对相信自己是无辜的，无奈之下 D21 警官找来探长法兰西斯·霍德先生，与他制定对策，最后决定，先找到当晚的另一个目击者徐普门先生了解一下情况再做打算。

三

第二天一大早，探长与警官就来到徐普门先生家中。

"咚咚咚……"

"稍等一下，请问是谁？"

"我们是警察局的警探，有件案子需要徐普门先生配合一下。"

"哦，好吧，请进。"门被打开，一位女侍出现在法兰西斯·霍德探长和 D21 警官面前，"主人在客厅，请跟我来。"

"你好，我就是徐普门，请问发生了什么事？"

"你好，我是 D21 警官，这位是法兰西斯·霍德探长，诺普先生的钻石被偷了，就发生在昨晚，听说你们是生意上的朋友，所以特地询问你。"

"天哪，怎么会发生这种事情……！"

"我们也对此深表遗憾，请问你是怎么认识诺普先生的？"

"其实我跟诺普先生认识的时间并没有多长，我以前住在肯辛顿城，也是珠宝商，哦，就是那家徐氏珠宝公司的老板。我们都是可怜的人啊！他一直没有结婚，而我的太太在几年前去世了，只把我自己孤零零地扔在小房子里，打发无聊的时光。或许是因为同样过着孤单的生活，再加上我们有同样的兴趣爱好，就这样总在一起吃饭，聊聊天，所以就慢慢熟悉了。他的公司叫 F·诺普公司，财务上没有什么可挑剔的，信誉也是有口皆碑，他手里的钻石质量一流，绝对的上等货色，因此，我们就进行了一两次交易。"

探长飞速地在本子上记下信息，示意徐普门先生继续。

"昨天晚上，他又向往常一样来我这儿吃饭。在闲聊时，他偶然和我提了一件事情。他说下午收到了一批巴西钻，品质非凡，是一流的成色，想让我帮着鉴定一下。也许是他知道我很讨厌推销的人吧，他竟然把那些珍贵的钻石随身带着，我想他并不是让我帮忙鉴定，而是打算跟我做这笔生意。我看了看那些钻石，在客厅的灯光照耀下的确熠熠生辉，成色十分不错，又因为是熟人介绍的，所以我很爽快地开出了一张 25000 英镑的全额支票给他，买下他手里的部分钻石。"

"啊，你并没有全部买走？"

"对的，估计诺普先生被偷走的是剩下的钻石，或者里面还包括他没带来的更好的钻石。对于这笔生意的顺利成交，我们都很开心，连晚上喝的红酒都是 1948 年的，庆祝一下嘛！在晚上 9 点半左右，我感觉到有些困倦了，诺普先生就离开了，而我就带着这些新得的宝贝上楼准备睡觉。为了保险起见，我把它们锁在 2 楼化妆室的保险柜里，然后才安心地回到卧室上床睡觉。晚上我出奇地睡得很沉，中途一次也没有醒来，更别提听见什么声音了。至于您刚才说的昨天晚上的事，我……这……"徐普门先生的话突然停止了。

他好像是想到了什么不寻常的事情，脸突然失去了血色，变得一片惨白，双眼中布满了血丝，额头上冒出了细汗。他没有再说些什么，只是很匆忙地说了声"抱歉"，然后失礼地离开了。

不到两分钟的时间，徐普门像是丢了魂儿一样，有些狼狈地出现在大家的面前，一看他的表情，在场的探长和督察就猜到了究竟是怎么回事。

"我的钻石……也被偷了！"徐普门先生大惊失色道。

"别慌，来，带我们上去看看。"

徐普门先生带着法兰西斯·霍德探长和 D21 警官来到 2 楼，卧室在房间的前半部，化妆室就在卧室旁边，屋内的保险箱一点都没被破坏，里面空无一物，看来应该是用钥匙把保险箱打开的。

"你刚刚上来的时候情况如何？"

"我打开保险箱，钻石都不见了，房间内其他东西都没被动过……"

"看来这窃贼十分聪明啊，不仅能偷到钥匙，还能把钥匙还回去。"

"不可能啊！我睡眠一向很轻，稍有响动就会醒，而且保险箱的钥匙跟手表一起放在我的床头，有人想要从我身边拿走钥匙，我肯定会惊醒，一定会的……"徐普门喃喃地说着，像是说给自己听，也像是说给在场的每一个人。

"这么说来窃贼应该是使用了麻醉剂，那你有没有闻到什么特殊的气味？"

"没有，大概早上 7 点半起床的时候，我没闻到什么特殊的味道。"

"嗯，那看来不像是麻醉剂之类的了，你带我们去其他房间看看，我们要仔细检查。"跟着徐普门先生，探长和警官把屋里屋外仔细查看了一遍。

"根据我们检查的结果，窃贼是用钻石把玻璃门割开，然后把手伸进去打开插锁，进入花园。一切都跟诺普先生家的情况一样。"说到这，探长先生顿了一下，"不过还有另外一种情况，那就是屋内的人员作案——你的仆人！"

"这……不可能！"

"那你可否说说他们的情况，越详细越好，要知道，这有利于找回你的损失。"

"好吧，我雇了 3 个仆人。有两个已经在这里工作很多年了，他们老老实实，不会搬弄是非，工作也很努力。另一个是新来的女佣，她主要负责打扫家务。她是我的一位朋友推荐过来的，在这里工作也已经有大约半年的时间了。还有一名是我在学生时代就结识的厨师，他自己住在一个独立的房间里，其他人都在楼上住。我能说的就这些了，不过，我相信他们不会是窃贼。"

"那么，这些人里知道有那些钻石放在家里的都有谁？"探长问。

"哦，不，没有人知道，我从未向他们提起过。不过，我想，那位新来的女佣可能听到了一些，我在和诺普先生谈交易的时候，她在餐桌旁伺候。"珠宝商如实回答着。

"那好，请允许我对所有仆人的个人物品进行搜查。"

"您请便吧。我的仆人们都是绝对忠诚的，我想他们也很高兴以此来证明自己的清白。"

四

不过，徐普门先生的话并不靠谱，对警方的行动，仆人还是多多少少地表达了一些不满，而搜查的结果也是一无所获，并未在任何仆人的物品中发现钻石，快要 10 点了。警探们对徐普门先生的拜访也到此结束，他们告诉徐普门先生昨晚抓到的流浪汉，希望他有时间过来一趟。然后警探们再到 22 号去看看一样值得同情、而且还蒙在鼓里的诺普先生回来没有。

来到诺普先生家，给警探们打开门的是那位上了年纪的女佣，她说诺普先生已经回来了，正在吃饭。

已到中年的费迪南·诺普先生身材矮胖，发须皆黑，浅黄的肤色把他那希伯来血统透露出来。脸上，有些雀斑点缀着，更增添了他作为商人的精明模样。他用一种极为平静的、带着外国口音的语调，对着两位警官客气地说，"他想边用餐边与警探们交谈，请他们谅解。"

"我一回到家，我的仆人已经把事情的来龙去脉都告诉我了，现在我的心情已经平复下来了。希望我能帮得上忙，尽快找到罪犯。"

　　他把嘴里的食物咽下去，接着说："真是可笑，昨晚那封信根本就是个恶作剧，哪里来的杰·柯林斯医生这个人？我到了哥哥那里，惊讶地发现，哥哥很正常，而且比从前任何一个时刻都要健康地生活着。当时，我就感觉到我被骗了，会有特别的事情发生。我很生气，那个谎称是杰·柯林斯医生的家伙把我骗得好惨，连珠宝都因此弄丢了。不过，我相信，你们一定会尽快破案的，是吧，警官先生？"

　　探长和警官对视了一眼，果然，信是窃贼伪造的。

　　"尽管我匆匆忙忙地往回赶，也没有赶上末班火车。这下倒好，损失惨重！幸好昨晚跟徐普门先生做成了交易，否则的话，我可就要彻底破产了！"说着他的情绪也开始变得激动起来。

　　"那么你失窃的钻石有哪些？"

　　"哦，一共有 3 个种类的钻石。一种是做工特别、精美绚丽的巴黎钻，这个是一家法国公司放在我这里代售的。还有另外一种，也就是昨晚跟徐普门先生交易的那些最为珍贵的上等巴西钻，因为大部分都卖给了他，所以丢失的只是其中的一小部分。另外被盗的还有一些产自好望角的钻石。先生，我向上帝起誓，我和您说我的损失有多么惨烈！10000 英镑啊，我的损失足有大约 10000 英镑！这几乎是要了我的命啊！"

　　"你丢失了巴西钻、好望角钻以及巴黎钻，若不是你与徐普门先生达成了一笔 25000 英镑的巴西钻交易，你或许已经破产了。事情是这样吗？"

　　"是的。"

　　"那么，你觉得有没有可能其实是你的仆人罗伯生偷的，他只不过是嫁祸给了那倒霉的流浪汉，或者，其实他们是一伙？"

听到警探如此怀疑罗伯生，诺普先生分外惊讶，手中的刀叉都险些掉到地上，"不，这绝对不可能，他是如此忠诚，他甚至为了追窃贼而得了重感冒，这真是谬论！"

"那刚引我们进来的那位女佣呢？"

"这也不可能，她是我的清洁女佣，是我一个值得信任的生意上的伙伴推荐来的，而且，她看起来很老实也很勤快。"

"那你是否在房子附近见到过流浪汉的影子？"

"对不起，一点印象也没有。"

"那么，你是否能猜出昨天晚上知道家里有钻石的都有谁吗？"

"我真的猜不出来……"

"好吧，那你有时间过来警局看看那个流浪汉，也许会得到新的信息，我们现在就走了，打扰你了。"

"好的，我有时间马上就过去。"

五

回警局后，徐普门先生也过来了，见到流浪汉后，他表示从未见过。他走后，探长和警官又盘问了流浪汉，可从他嘴里说出来的名字和住址全都是假的。将他关押回监所后，警探们交换了自己的想法，看来这窃贼显然是从菲利摩尔街 26 号开始作案，然后翻越几栋房子间的花园高墙，进入 22 号，就在那儿他差一点被罗伯生当场抓到，所以说流浪汉的嫌疑的确最大。

可是，是谁取得这两栋房子里都有钻石的情报，而且更加令人惊讶的是，他对诺普先生的家事也摸得一清二楚，知道诺普先生有一个生病的哥哥，现在住在布莱顿。虽然有着众多的疑问，不过有一件事情却是可以确定的，相对于徐普门先生而言，盗贼对诺普先生有着更多了解，因为他们知道诺普先生的哥哥，而且了解兄弟俩之间的感情，成功地调虎离山。

"唉，到底是怎么回事呢……虽然这流浪汉嫌疑的确很大，但什么证据也没有，还有案发当时也没见到其他可疑人员，要知道当时我所处的地点正好面对那条死路。"D21警官十分沮丧。

"这件事情，实在是很离奇啊！整条菲利摩尔街上住着的马车夫和他们的家人，甚至包括刷马夫，我们全都进行过严密的盘问。但他们没有一个人在案发当天发现了什么异常，是罗伯生抓流浪汉发出的嘈杂声才把他们惊醒的。这盗贼，究竟用了什么障眼法，就这么轻易地逃离了所有人的注意力。"法兰西斯·霍德探长头疼地分析着案情。

"对了，那封伪造信呢？有没有检查过？"

"嗯，已经仔仔细细地研究过了，结果是令人失望的。那封信没什么特别的地方，那封信所用的信纸是从一款笔记本上撕下来的，西街上一家文具行有卖。我询问店员，是否记得有什么人买过这种笔记本时，他们都表示文具行生意很好，这种本子又是很畅销的款式，买的人很多，压根记不住。信纸上的笔迹我也做了调查，字迹很潦草，估计是刻意写的，但仍旧是没有其他的办法继续追查下去。不管怎么说，在这封信上根本没有找出什么有用的线索。哦，对了，我还让那个流浪汉把自己的名字写出来，但字迹对不上，一看就知道流浪汉没受过什么教育。真是毫无头绪！也许明天有线索会浮出水面，今天就到这吧。"法兰西斯·霍德拿着案件资料走出警局。

"叮叮叮……"警局的电话刺耳地响了。

"喂，请问有什么事？"

"喂，请问法兰西斯·霍德探长或 D21 警官在吗，我是失窃的诺普先生家的仆人罗伯生，我发现了一些东西……"

"好，我马上转交给他们。"

10 多分钟后，法兰西斯·霍德探长匆匆赶到诺普先生家中，原来诺普先生的一些钻石在花园被找到了！

这个花园在小书房的前面，有一块废地，大约 7 平方英尺那么大的面积，一些有点松动的大石头凌乱地堆在那里。就在那个不愉快的夜晚过去两天之后，罗伯生打算从那里搬一块大石头用，他很随意地搬起一块，竟然有几个闪闪发亮的钻石正在大石头的下面。这位诚实忠诚的老仆人立刻把诺普先生叫过来。诺普先生确定，这些钻石正是他所丢了的那些巴黎钻中的一些。

他马上通知了警局，希望可以找到一些线索，辅助案件的侦破。探长对花园仔细勘察后，发现这里是死路，那晚除了罗伯生和 D21 警官就只有流浪汉了，钻石又在这里被发现掉落几颗，想必窃贼是他了，也许还会有同伙，好的，看来要实施一个计划，引蛇出洞了……

法兰西斯·霍德探长告别罗伯生后，立刻回到警局。"大家快集合，这件盗窃案马上就要找到真相了！"

"怎么，有决定性的证据了？"

"不，证据还没有，但也快找到了，诺普先生家中的花园里发现了一些零散的钻石。我希望 D21 警官你可以把那流浪汉释放出来，告诉他无罪了，可以回到他生活的地方。我想，如果盗贼有其他的同党一起作案，那么在他被放出去之后，一定会在第一时间和他的同伴会合。这时，我们要做的就是等着看好戏了。只要派出警察紧紧地跟着他，藏匿剩余钻石的地方自然也会暴露，这样就能人赃并获，一举侦破。”

“太好了，我立刻安排人员去跟……”

“哦，不必了！”探长打断警官的话，“还是由我亲自执行，这次的窃贼必定狡猾无比，一旦出现失误可能就再也没有希望破解这谜题了，你在主要街区以及案发地点安排一些警部人员，一旦有情况我将发出指示。”

“好的，我马上就去部署。”

六

这天下午，这个流浪汉被宣布无罪。流浪汉重获自由后显得劲头十足，仿佛要补偿这些天遭的罪，走出警局后他便开始四处游荡，跑到一家小酒店痛快地吃喝了一顿，不过他吃饭的模样有点滑稽，表面上在津津有味地吃着，但眼睛在经过他身边的人身上扫来扫去，一副万分警惕的模样。

流浪汉在快 4 点的时候，才酒足饭饱地从小酒店里出来。天色变得昏昏沉沉起来，但这流浪汉依然兴致高昂地在伦敦街上逛着。霍德探长小心地追踪着流浪汉，跟着他一起把迷宫般的伦敦街道走了个遍。流浪汉爬上了山谷，经过了贫民区，穿过了哈莫石密区，好像要徒步游历整个伦敦城一样。一晃又过了几个小时，天开始慢慢地黑了。

霍德先生虽然疲累，但仍旧充满着希望，一直跟着流浪汉，希望让他高兴的事情在下一秒就会发生，于是也就跟踪得更加卖力。流浪汉正在向肯辛顿走去，狐狸终于要露出尾巴，探长的心开始剧烈地跳动起来。

夜已经深了，街上静悄悄的，街灯暗了下去，不远处的住宅区也没有几盏灯亮着，只有那皎洁的月光，像是不知疲惫般，端端正正地挂在空中。

那人在高街上来回走了一两回之后，拐进菲利摩尔街。他不紧不慢，其间还想抽支烟，奈何那强劲的东风，总是在最后一刻将火苗吹灭。他选择了放弃，又开始闲庭信步般地在街道上逛着，然后在不经意间拐进了钻石失窃案发生的那片住宅区。

霍德先生仍旧是小心翼翼尾随不舍。

周围早有几位便衣警察按照之前的部署隐藏在此地，只待霍德先生一声令下，几秒钟之内，这片住宅区便会被围得水泄不通，谅他插翅难逃。哪怕是他越墙逃走，再暗淡的身影也会被埋伏在附近的警员轻易地发现——因为墙壁的阴影并没有完全笼罩住这个住宅区。

流浪汉又往前走了100多米，便消失在阴影下。霍德先生当机立断，让几个便衣警察朝住宅区方向小心前进，另几个则在菲利摩尔街进出口的前方埋伏起来，只要嫌疑人一露面，马上就将其绳之以法。

霍德探长已经十分确定，流浪汉找的就是那些丢失了的钻石，不必怀疑，那些钻石就被他藏在这里——不知道是哪座房子的后面。

"这恼人的家伙，我一定要人赃俱获，看他还敢狡辩什么！"霍德探长暗暗想着。

"嗯，怎么回事……"面包店的侍女翻翻手中的报纸，又拾起其他的报纸找了找，"怎么没有下文了？这可要我如何找出谁是窃贼……"

"是的，的确没有了……我等了好几天的报纸，都没有后续报道，真吊人胃口！"宝莉·波顿小姐无奈地摊开手。

"真是的，我也很好奇……警局是怎么回事？"

"还能怎么样，当然是失败了，因为……有人消失了。"一直在细细品味食物的老人又像他前一次那般突然发出声音。

宝莉·波顿小姐与侍女再次看向他，虽然并不明白他所说的话的含义，但都期待地看着老人，希望能知道些什么。这次老人没有再一次沉默，他拿起餐巾擦擦嘴角，从口袋里抽出一根细绳，不顾旁人，慢慢地把玩起来。见两位女士都看着他，抱歉地笑笑，指着绳子说："我需要依靠它理清思路。"

"那么，请问您是否知道些什么……我十分恳切地请求您告诉我们。"宝莉·波顿小姐的眼里充满了希冀。

"当然，之所以探长和警官的行动没再被报道，是因为他们的行动失败了，他们跟丢了，那个流浪汉如鬼魅般消失在菲利摩尔街中的死路。如果那计划成功了，我们早就会在报纸上的头版头条看到对警署大肆吹捧的文章啦！"

"这……这怎么可能，他可是活生生的人，怎么能够凭空消失？"宝莉·波顿小姐瞪大了眼睛，充满了疑问，"太不可置信了！"

"是吗？请你听我说完再下定论。"老人的脸上露出笑容，仿佛在得意自己知道事件的后续发展。

七

时间很快地过去，黑暗荒凉的住宅区全然寂静无声，就连月亮这时也悄悄躲进了云层之后。大家都在默默等着，一旦流浪汉有异动，立刻就会扑出去。游荡到住宅区里的流浪汉一直没有再露面，仿佛蒸发了一样。起初，大家以为他可能是在等待同谋，或在进行钻石交接，然而警探们等了很久，什么动静也没有，猛然间大家都醒悟过来，流浪汉消失了！

霍德先生和其他警官都瞪大了眼睛，无法相信这一事实。所有可能的出路都被封死了，但自从他消失在阴影里之后，就再也没有出现在众人的视线里。

"啊……我想到了，肯定是有人与他同谋，而这个同谋者，正是那里某栋房子的一个仆人！"宝莉很快下了个结论。

"你说的有道理，但究竟会是谁呢？"老人坐在角落里，把手中的细绳打了一个精致的结。"要知道警方不笨，他们恨不得掘地三尺，把那个曾经被拘留却在眼皮子底下消失的流浪汉找出来。但迄今为止，无论是钻石还是那个家伙，都连个影子也没看到。"

"那肯定是罗伯生，之前警官就怀疑过他……不过……其他的仆人也很可疑，哦，对了，还有徐普门先生房间里的仆人呢，他家也在菲利摩尔街上。"宝莉·波顿小姐的思路又出现了障碍。

"霍德探长正在想方设法地找那个消失了的流浪汉，"老人接着说道，"他在街道来回走了几趟，确定流浪汉不见了。不过这个时候26号里依然灯火通明，经过上门询问，徐普门先生刚刚结束他和朋友的晚餐，正打算散去，清理完毕的仆人们也准备休息了。他们都称，没有发现有什么不对劲的情况。

"霍德探长见拜访无果，又到诺普先生那里看看有没有什么蛛丝马迹。而这个时候的诺普先生正在浴室里洗澡，隔着浴室门向探长致谢，感谢他费了这么大的功夫，帮着他寻找他的钻石。"

"这么看来，流浪汉的确是消失了……我还是不太相信！"

"哈哈！"角落里的老人突然笑了，"唉，可怜的探长，他锲而不舍的精神的确可嘉，可是锲而不舍并不代表一定有收获啊，和其他人一样，大家都一无所获。就算我告诉他们我所知的一切，法官也没办法定那些真正的窃贼的罪。"

"您知道什么？难道……您知道流浪汉去了哪里？知道谁是窃贼？"宝莉·波顿小姐急切地问。

"哈，现在，让我一点一点地推理给你看，"他不紧不慢地说，"你认为，知道徐普门先生和诺普先生把钻石放在家中的都有谁呢？"

"我知道，除了徐普门先生和诺普先生之外就是罗伯生了。"宝莉小姐想了想，"那个流浪汉也有可能知道——如果窃贼真的是他的话。"

"流浪汉现在不在我们的讨论范围之内，因为他已经失踪了。我们现在可以确定的是，徐普门先生确实是被麻醉剂催眠了，因为在正常情况下，没有人可能做到不惊醒他，而把放在他床头的钥匙拿走还给送回来的……"

"哦，一定是这样的！那窃贼早在徐普门先生就寝之前便下了药，这一定是事先预谋好的。"宝莉激动地插话说道。

宝莉见老人没有否定，于是继续推断："因为徐普门先生的睡眠很轻，不可能在他睡着之后下药，那样会吵醒他的。但问题是，窃贼是怎么在众目睽睽之下给他在睡前下药？"

"所以，请听我继续分析，我们还需要明白另外几个情况。

其一，那张支票虽然证明了徐普门先生确实有价值 25000 英镑的东西，但没法证明诺普先生在家里放了价值不菲的钻石。没准，他的抽屉里其实是空空如也的；其二，那个流浪汉被关押在警察局里的时候，诺普先生和罗伯生却从没一起出现在众人面前，难道这不是一个奇怪的事情吗？"

"天哪，我好像知道些什么了……"宝莉小姐喃喃自语。

"嗯，怎么了，我怎么没有头绪？"侍女挠了挠她的脑袋。

"是否想到什么了？"老人继续说："看来，窃贼不会只是一个人，而是两个，两个像狐狸一样狡猾的恶棍。这两个人估计是想要发一笔来路不正的横财，便上演了一出好戏。一个扮演名誉斐然的珠宝商，另一个则装作忠诚的老仆。这主仆二人的演技，足以以假乱真。他们借着身份的掩饰，开始寻找自己的目标下手。可怜的徐普门先生啊，就这样被选中为临时演员了……"

"为什么要扮演这样的角色？"侍女还是不太明白。

"那还用说吗？自然是要跟倒霉的徐普门先生成为朋友了。"

"这两个恶棍与徐普门先生成为朋友，是为了偷他的钻石吗？那……等等……与徐普门先生最近成为朋友的，不就是诺普先生吗，难道他是……"侍女恍然大悟。

八

老人此刻眼中流露出狡黠的笑意，接着娓娓道来。

"对的，事情其实很简单。那位所谓的诺普先生想从徐普门先生这里谋取不义之财，于是他们制订了一个计划，那就是卖给他假钻，骗取钱财。但徐普门先生经营珠宝业多年，假钻根本骗不了他。而一旦东窗事发，肯定会被送到监狱，所以一定要做好万全准备交易。"

"因此，为了与徐普门先生搭上关系，诺普先生先拿一些真钻跟他交易一两次，以表示自己的信用良好，对吗？"宝莉小姐也全明白了，"并且同样是单身汉的缘由，诺普先生多次与徐普门先生共同用餐，这样就可以去徐普门先生家了，当然也就有了下麻醉药的机会。我记得他们是在晚餐时进行那25000英镑的巴西钻交易的，晚上光线不好，还喝了酒，啊，那麻醉药可能就被放到了酒里！所以他的鉴定能力也就没那么高超了，再加上前几次的交易，徐普门先生也毫不犹豫地答应了此次交易。由于麻醉药的作用，诺普先生晚上悄悄地溜回了徐普门先生的屋子，将那假的巴西钻取走了，当然徐普门先生不会有任何知觉。"

"你推理得十分正确，他们的计划还真是令人佩服！"老人把玩着他的细绳，"那坏蛋从布莱顿寄来一封署名给自己的信。然后，依照计划，他毫不留情地把书桌砸坏，把窗玻璃砸碎，而罗伯生则负责望风。然后，狡猾的诺普便换上一身破烂衣服在外面闲逛，把D21警官引来。一通演出来的胡乱打斗之后，钻石也就从流浪汉诺普的手中转移到了罗伯生的手里。"

接下来，老人阐述了自己令人无比惊讶的推理。

"为了证明自己的忠心耿耿，罗伯生卧病在床。他的主人也按照计划，突然就回来了。但没有人看见他是怎么回来的。然后在接下来的两天内，罗伯生辛苦地扮演着两个角色，一个是他自己，另一个就是诺普先生，而真正的诺普先生此时正被关在警局里受审。"

"即便如此，诺普先生还是得想方设法，尽快离开牢房，毕竟罗伯生的双重身份很容易露出马脚。这正好印证了前面提到的，从来没有人看到诺普先生和他的仆人罗伯生一起出现过这一事实。

"为了让诺普先生顺利离开牢房，罗伯生便在 22 号的花园里'发现'丢失的部分钻石。因为他们猜到，警察局里的那些无能之辈，一定还在循规蹈矩地调查取证，按照他们那套老掉牙的理论让嫌疑人获释，回到他藏赃物的地方，企图人赃并获。就这样，轻而易举地，诺普先生就能顺利从警局中大摇大摆地走了出来。

"当他在菲利摩尔街想点燃一支烟的时候，并不是想吸烟，而是在发出一个信号，让罗伯生迅速地把后花园大门打开，方便他在众多警察的包围下消失。

"第二天早上，诺普先生再从流浪汉的角色恢复到珠宝商的身份，变成第一次与警探相见的样子。所以，这只是一个利用了角色互换的诡计。"

"嗬，原来是这样，真正的犯人是罗伯生和诺普先生，受害者其实只有徐普门先生，而警探们都以为诺普先生也是受害者，所以嫌疑永远都不会指向他，是吧，宝莉小姐？"侍女也明白了。

"是的……"

"宝莉小姐，我猜……那两个恶棍可能是孪生兄弟，否则怎么可以瞒过警官……"

"这……那位老者你说是吗……嗯……人呢？"宝莉小姐看向的位置已经空了，等她追出面包店外，也再没有了那位老人的身影。

针尖

【英】G.K. 切斯特顿

一

这天，年轻人驾车找到布朗神父："神父，我叔叔休伯特·桑迪爵士家发生了一件非常恐怖的事情，我希望得到您的帮助。对于这件事，我不想让斯坦恩爵士插手……前两天，斯坦恩爵士像发疯了一样，非要在刚竣工的公寓大楼里暂住几天。于是，那天早上，我起来为他开门……这件事以后再说，现在我想请您马上到我叔叔家里去一趟。"

神父急切地问道："你叔叔怎么了，病了吗？"

"叔叔他……可能死了。"

"可能死了，你这话是什么意思？"神父快速地反问道，"请医生了吗？"

"请医生也没用，都没有找到他人……尸体都没找到，我知道他在什么地方消失的……其实我们已经找了两天了，可是尸体还是没有找到。"

"如果你能把这件事的整个经过讲给我，就更好办了。"坐在车里的神父语气平和地说。

"我这样说，可能别人看起来会觉得我对叔叔有些不尊敬，但是大多数人不都是这样吗？如果有人不见了，在找不到的时候，总是会想到这样的结局。我这个人天性诚实，不喜欢隐瞒。神父，整件事说起来太复杂，我就挑具体地说吧——我那可怜的叔叔已经自杀了。"

轿车飞速地驶出城市，奔向郊外的树林和公园。沿路是越来越茂密的树林，大约还有半英里，就是年轻人的叔叔休伯特爵士的小庄园了。在庄园里，坡地上都是那种具有古典风情的豪华建筑，坡地的下边是一条河流。庭园的面积不大，却很精致，另外还有一个花园，将整个庄园点缀得非常有情调。

来到住宅以后，年轻人带着布朗神父穿过带着古典韵味的乔治王朝式装潢的房间，来到了花园的边沿处。两人沿着花花草草夹道的陡坡小径一声不吭地向前走着，眼前那条灰白色的河流尽收眼底。在小径的转弯处矗立着一个瓮型建筑物，周围装点着花环——花环的颜色很不协调，都是由一些红白相间的小花扎成的。走到这里的时候，布朗神父突然发觉坡下的树丛和草丛间传来一些窸窸窣窣的声响，就像小动物受惊后的蠕动。

接着，稀疏的树丛中闪出两个人影，他们迅速分开——其中一个快速地藏进树林，而另外一个迎面朝两位走过来。俩人停住了脚步，亨利用他那低沉厚重的嗓音介绍说："桑迪夫人，这位是布朗神父，您认识吧……"

这位就是休伯特·桑迪的太太，布朗神父当然认识。但眼前的桑迪夫人跟他之前认识的几乎判若两人，她苍白如纸的脸上刻满了痛苦的伤痕，比丈夫年轻很多的她，此时比这庄园和花园里的一草一木都显苍老。不过，她确实比这些花花草草都要"老"，相比这些植物，她是更早入住到这所庄园的，她才是庄园真正的主人。

她出身于落魄的贵族，在和休伯特结婚后，她借助他生意上的成功，使得庄园又重新旺盛起来。她脸色惨白，脸蛋呈椭圆形，下巴微尖。在自己的丈夫被认为是自杀，但尸体还没有找到的情况下，在她的脸上完全看不出任何表情。布朗神父不由自主地猜想着："刚才和她在树丛里一闪而过的人到底是谁？"

桑迪夫人开口讲道："神父，我想您已经知道了这不幸的消息了，我可怜的丈夫一定是承受不住那些激进分子的压力而结束了自己的生命。我请求您帮帮忙，一定要让那些害死他的人得到应有的惩罚。"

布朗神父似乎安慰她说："听到此事，我也感到很难过，桑迪夫人，我现在也很困惑，刚才您说迫害，您真的相信一张钉在墙上的纸条就能逼死您的丈夫吗？"

夫人的脸有些阴郁地回答说："我想不仅仅是因为那张纸条，可能还有一些其他的原因。"

布朗神父的话语中流露着伤感："他不会那么脆弱的，我从不认为他会以死来躲避被迫害，您的说法有些不符合逻辑。"

关于那张纸条，布朗神父陷入了沉思……

二

布朗神父总喜欢对人说，他遇到的所有疑难问题都是在睡梦中找到解决的办法。确实如此，不过说起来真是有些奇怪。很多事件往往都是在他睡梦中受到噪音的干扰时发生的。

就是今天早上，天还没亮的时候，他就被公寓对面楼里的装潢声音吵醒。那一声声颇有节奏的"咚咚"的敲击声时隐时现。这座还在修建中的大型公寓楼内还有大量的脚手架没有拆除，施工牌上标注着公寓的所有者和施工负责人是麦萨·斯文敦—桑迪公司。虽然地处英国，该公司采用的楼层铺设法却是美国式的水泥地板。就像广告里说的那样，这种地板光滑平整，牢固防水，效果比较持久。但在水泥浇灌后的一段时间里，必须用沉重的工具进行击打，也正因为如此，使用这种楼层铺设法必然会带来强烈的噪音。

布朗神父努力地在噪音中寻找安慰，还说这样的噪音就像是催促教民们去教堂的钟声一样，总会在早上做弥撒之前把自己叫醒。

其实，这座摩天大楼在修建中引发了不少的争议。新闻界披露说是工人闹罢工。实际上，即使发生劳工危机，也只是投资方的停工。布朗神父很担心这种事会发生，所以，这时隐时现的敲击声令他很惶恐，它预示着继续施工，还是将要停工呢？

神父透过镜片仰头注视着对面的大楼说："从我个人的角度来讲，我希望它停下来，希望所有处在修建中的大楼在脚手架被拆除之前都停下来，可是遗憾的是，每座房子都完工了。那些用白木搭成的脚手架在阳光的照射下，依然傲然挺立着，看上去充满了生机，小巧而精致。为什么人们总要完成它，把它变成一个又一个的坟墓？"

当布朗神父转过身的时候，差一点撞到人。这个人急匆匆穿过马路，奔他而来。他叫马斯泰克，长着一个方头，身材短小却很壮实。他的穿着非常时尚，很有欧洲的风格。神父对这个人不是很了解，但据他最近的观察，这个人这段时间和建筑公司的小桑迪有些来往，他对此很反感。

马斯泰克是英国工业组织的一个头目，这个组织是英国工业政治舞台上的新生事物，是工会和投资方两大敌对派别之间的产物，这个组织比不上其他工会，都是一些外来打工人员，他们正利用着工会和投资方之间的纷争，抢占暂时还空缺的职位。

在这场劳资双方的争斗中，布朗神父弄得两方都不讨好。资方认为他的做法太激进，而激进派却又批评他崇尚资本主义，他们双方各执一词。尽管在调节双方之间的矛盾时，他说了很多话，累得够呛，可是结果两头都没捞着好。而此时马斯泰克的匆忙出现不一定有什么好事，肯定是有更糟糕的事情发生。

马斯泰克用并不流利的英语说："神父，不好了，有人恐吓说要谋杀，他们让你马上过去。"

布朗神父一声不吭地跟着马斯泰克从脚手架扶梯登上了还没竣工的楼房平台上。此时，这里已经聚集了很多人——建筑公司的所有负责人，有的还不是很熟。还有前任负责人斯坦恩爵士，听说他去了贵族院。斯坦恩爵士两眼深陷，淡黄色的头发很稀疏，看上去已经秃顶了。他曾毕业于著名的牛津大学，神父由衷地佩服他的谈判天才。他能言善辩，任何话经过他的口中就会变得很容易被人接受。自从卸任以后，他这些年在公司只不过是挂了一个董事的头衔，从不过问公司的事情。而今天的他看起来稍有不同，他那瘦弱的脸上表情非常严肃。神父想，斯坦恩爵士之所以有这样的表情，是因为他在世外桃源一样的奥林匹斯山上悠闲享乐的时候，却突然被找来处理这起劳资双方的纠纷呢？还是对这混乱的局面感到头痛呢？谁也猜不到。

在这两个阵营中，布朗神父更倾向于公司中那些投资者，也就是那些合伙人——休伯特·桑迪爵士和他的侄子亨利·桑迪。在这里有必要说，故事开头那个自驾轿车去接神父的年轻人就是亨利·桑迪。虽然，布朗神父在心里也曾想过他们究竟有没有关于资产的想法。

休伯特·桑迪爵士是报界追捧的社会名流，他是一个对国家做出很大贡献的爱国者，不仅是体育事业发展的支持者，也是第一次世界大战中，以及后来英国所历经数次危机中热情的行动派爱国者。他还曾经顺利地调解了军械工人的集体罢工，被称为战无不胜的人。到目前为止，他在法国得到了最高的殊荣，被称为工业界的常胜将军。

休伯特·桑迪爵士是个英国人，他特别喜欢帮助人。他身体肥胖，但酷爱游泳，言谈举止表现出是一位受尊敬的绅士，一位令人崇拜的志愿军中校。因为，他那总是力图挺直的腰板，雷厉风行的做事风格，体现出一种军人的气质。虽然他的头发和脸上的胡须的颜色没有变化，但他的面容渐渐地暗淡无光，细小的皱纹已经悄悄地爬上了他的眼角。

而他的侄子身体强壮得像头牛，肥头大耳，是一个敢想敢干的人，他给人的感觉就像是时刻准备冲锋陷阵的样子。只是那高耸的鼻子上架着的那副眼镜让他看起来稍微稳重、纯真一些。

三

此时，聚集在平台上的所有人都注视着木架上张贴的硕大的白纸上，上面写着：劳工委员会警告休伯特·桑迪，如果胆敢自作主张压低工人的工资或者停工，让工人们赚不到钱，小心丢掉自己的性命！

看到那歪扭的笔迹，以及错乱的文法，让人觉得如果不是有意所为的话，也只能是学龄前儿童所为。

斯坦恩爵士上前仔细地端详了白纸后，转过身，扫视了一下大家，用异样的声调说："看到没，他们说的是你，我不值得他们这样。"

此时的布朗神父心里不知为什么竟有了这种想法：斯坦恩爵士才不会有可能被人谋害呢！因为他已经没有温度了。虽然这样想有些不合乎情理，但看到那个能言善辩的老贵族和公司的合伙人，心里就感觉不自在。那家伙长着一双不友善的绿眼睛，可能连身上的血都是绿颜色吧。不管怎样，休伯特·桑迪爵士不会像他那样。此时的他似乎更像是一个温和的人遭到了伤害，很是无辜，却又手足无措，难以抑制地愤怒起来。

桑迪爵士的声音有些颤抖："我有生以来，还没有人这样恐吓过我呢。虽然有关工人的切身利益方面我们之间有些不同意见，但是……"

没等桑迪爵士说完，爵士的侄子就激动地插话说："其实，我们曾积极努力地尽量和平解决，但他们以此来威胁我们，一定不能就此屈服于他们。"

布朗神父见此情景忙说道："你不会以为那是工人们——"

桑迪爵士继续说："大家都知道在这件事上我们之间是产生些矛盾，但我从来没有想到用工人的利益当借口，这一点我可以对天发誓。"

"我们都不愿意这样。"小桑迪接着说:"叔叔我知道您不会的,但是,今天的事一定不能就此作罢。"

休息片刻,小桑迪继续说:"对于叔叔的想法,细节上,我还有一点不同的建议,但从实质问题上——"

此时的桑迪爵士渐渐地平静下来:"亲爱的亨利,我觉得我们之间在实质问题上应该统一意见,不能出现任何的矛盾。"

在场的人都能从以上的对话中判断出叔侄之间曾发生过矛盾。确实如此,他俩之间在各自世界观的问题上,曾有过激烈的分歧。叔叔秉承那种英国传统式的理想价值观,一心想脱离尔虞我诈的生意场,做一个洒脱享乐田园生活的绅士。而侄子怀揣着美国式的理想价值观,一门心思地想钻进生意圈,绞尽脑汁地想控制公司的经营权。

实际上,他背地里极力与工人打成一片,这样做的目的,是为了解和熟悉行业中操作的一些程序,探索经营当中的某些秘密。因此他的行为似乎表明自己是工人当中的一员,这和他叔叔在政界的知名度和体坛的活跃有着天壤之别。亨利经常穿着朴素的工作服出现在工人当中,替工人向投资方争取工作条件和工资待遇,逼迫投资方让步。这种平常的行为和此时他对这件事的反应判若两人,很令人意外。

亨利歇斯底里地喊道:"这帮混蛋,是自己罢工,还利用这种方法来恐吓我们,既然这样,我们只好给他们点颜色看,马上解雇他们,一定不能被他们吓倒。"

虽然老桑迪对此也非常愤怒,但他还是冷静地说:"如果解雇他们,我就会受到很多来自各界的指责……"

"指责?"小桑迪吼叫道,"不对恐吓分子屈服会受到指责？叔叔您考虑一下，如果您因此做了让步，大家都会笑话您害怕了！然后，报纸就会铺天盖地地赶来，大标题写着'雇主因怕死而让步'什么什么的……您不怕吗？"

斯坦恩爵士站在一旁用嫉妒的口吻说："特别是——以前报纸大标题都是'钢筋水泥建筑行业的强人'之类的。"

老桑迪腾地涨红了脸，嘟囔着："你们说的有些道理。那么，那些人以为我是害怕——"

这时，他们的谈话中断了，只见一个身材消瘦的人顺着脚手架飞快地爬上来，大家的目光都集中在这个人身上——他油头粉面的样子，看上去似乎是特意修饰过。一头黑亮的鬈发，说话咬文嚼字，听着很不自然。

此人叫鲁勃特·雷，是休伯特爵士的私人秘书。只见他走到休伯特爵士面前："先生，非常抱歉，家里来了一个人，拿着一封信，我让他留下信先回去，可是说什么他都不走，执意要当面交给您，我就把他带到这来了。"

休伯特爵士快速地打量秘书一眼："你说他去了我家？那么说你一大早就在我家里？"

"嗯。"

休伯特爵士沉默了一会儿说："那么，你把他带上来。"

这人的身材矮小，其貌不扬，一张蛤蟆似的脸上长着一对死鱼一样的眼睛，看着遢里遢遢，一只手里抓着一顶黑边圆顶礼帽，另一只手拿一个封好的大信封。他木讷地看着眼前的一切，从那一动不动的眼神中感觉似乎在琢磨聚在这里的每一个人。

休伯特爵士看着他说道："哦，原来是……"接着，他接过信封，向周围的人们说："……很抱歉！"然后，拆开信。读完之后，他把信放到衬衣内侧的口袋里，急切地对亨利说道："就按你的意思吧，这件事就到此为止吧！谈判也没有任何意义了，反正他们的工资我们也付不起，这样吧，亨利，我们好好谈谈，接下来怎么处理这残局。"

"也好。"亨利点点头，但脸上划过一丝不易察觉的不情愿的表情，觉得这件事就应该他自己做，于是说道，"下午我要去检查 188 号公寓的工程进度。"

长着死鱼眼睛的送信人低着头离开了，布朗神父若有所思地盯着他笨拙地爬下脚手架，消失在大街上的人群中。

次日，布朗神父一觉醒来，慌忙中感觉误了清晨的弥撒，定下神来恍惚间觉得睡梦中被吵个半醒后又睡着了，断断续续的像做梦一样。这种事对于一般人来说极为普通，而对布朗神父来说这种事很难发生。奇怪的是，神父事后说："在两次惊醒之间，他觉得自己在梦里的孤岛上，找到了隐藏着宝藏的秘密——昨晚事情的秘密。"

布朗神父急忙起身，胡乱地抓起衣服套上，之后摇摇摆摆地走出门。大街上灰蒙蒙一片，透着微弱的星光他看到大街上竟然空无一人，这一切显示出从时间上来讲，并不像他以为的那样，觉得自己睡过了头。

突然，一辆小轿车飞快地驶来，划破了清晨的宁静，在空无一人的大楼前停了下来。斯坦恩爵士从车上走下来，缓慢地拉着两只箱子，朝楼门走去。奇怪的是楼门竟然由里面被打开，里面的人开了门后又缩了回去。斯坦恩爵士朝里面叫了两次，那人才走出来，两人似乎说了几句话，爵士拖着箱子上楼去了。当出来的人走到大街上，星光下神父才看清楚那人是膀大腰圆且年轻的亨利……

四

休伯特夫人用阴郁的眼神看着陷入深深沉思的布朗神父："我也是这么想的，要不是因为看到他亲笔写的遗书，我也不会相信他能那么脆弱。"

布朗神父像触到了电一样，抖了一下说："您在说什么？"

"我说他留下了自己的绝笔遗言，我才相信他是自杀。"夫人平静地说完，沿着坡地走了。

布朗神父慢慢地把头转向亨利·桑迪，似乎在向他证实一下这件事的真假。亨利·桑迪自作聪明地说："嗯，是这样的，你看这不是很明显吗？他非常喜欢游泳，而且游泳技术相当好，每天早晨都穿着浴衣到河里游一会儿。那天也一样，他来到河边把浴衣放在了岸上，浴衣现在还在那里。对，他留了几句遗言，说了什么这是他最后一次游泳之类的话。"

"那么，他写的遗言在哪里？"布朗神父问道。

"留在了垂落在河面上的树枝上，我推测那就是他最后所能抓住的东西吧，就在浴衣下面的一小块地方，您过去看一下吧。"

于是，布朗神父快步地走过最后的一段坡地，来到了河边，认真地察看了那棵垂在河面上的树，它繁茂的枝叶已接近了水面。那段绝笔的话就刻在光滑的树皮上，相当明显：

这是我最后一次来这里游泳了，之后我只有一死。永别了！

休伯特·桑迪

布朗神父仔细地观察着周围的环境，当他的视线落到一包红黄相间，绣着金色丝线的浴衣上，刚要伸手打开时，一个身材高大的黑影从一棵树快速地闪到另一棵树后面，像是在搜索桑迪夫人的行踪似的。神父断定这个黑影就是和夫人分开隐入树林的人，并坚信他就是休伯特·桑迪的秘书，鲁勃特·雷先生。

布朗神父注视着浴衣包，嘴里嘟囔着："这可能是下定决心去死之后刻上的，人们都听过有人把情书刻在树上，但头一次看到把遗言也刻在树上的。"

"嗯，可能当时没有找到能用来写字的东西吧！"亨利发表着自己的看法，"在这种情况下就很容易想到在树上刻了。"

"这种做法听起来似乎是法国人所为。"神父觉得亨利说的想法没什么道理可言，"可我不那样想。"

此时，谈话的气氛略显紧张了些，布朗神父接着说："说实话，我觉得即使一个人有很多笔、很多墨水、很多纸，在特定的情况下他也会这样做的。"

亨利惊讶的目光越过镜框上面的边缘，看着神父问："您为什么这样说呢？"

"哦，"神父慢条斯理地对他解释道，"我是说，在特殊的情况下，还得有特殊的人，并且习惯用树来抒发自己的情感，或与人交流的人才有可能这样做。就像诗歌中写的那样'如果世界是纸，大海是墨水；如果大海是墨汁，树木是钢笔'……"

此刻，小桑迪对布朗神父寓意深刻的推测感到有些不寒而栗，他觉得神父似乎话里有话。

神父轻轻地拎起爵士的浴衣来："你看，一个就要离开这个世界的人竟然还能很工整地把遗言刻在树上，我觉得这人不是他，我的意思你明白吗？"

此时，神父那只拎着浴衣的手突然被尖利的东西刺了一下，只见殷红的鲜血从指尖流出来，顿时，两个人都怔住了。

"啊，血！"神父惊叫起来，此刻四周一片沉寂。

亨利用干渴的嗓音问道："怎么会有血，是谁的？"

神父绷着脸说："哦，我的手流血了，是浴衣上的一根别针……针尖……哦，我明白了。"然后，他把流血的手指放在嘴里吮吸起来。

又是一阵沉默后，神父接着说："这浴衣没有人碰过，你看，折叠好用别针别在一块呢。这就说明在我打开之前，肯定没有人碰过这浴衣。很显然，休伯特·桑迪压根就没穿过它，更不可能在树干上刻上什么绝笔，然后使自己葬身在这条河里。"

只见亨利用手把架在鼻梁上歪掉的眼镜拉正，一声不响地站在那里。

布朗神父似乎很兴奋，滔滔不绝地接着说："刚才我说过，特殊的人，而且习惯在树上刻一些自己的话，如到此一游等。老桑迪决定死之前一定也做了很长时间的思想斗争，那么，在这么多的时间里他为什么没有像一个正常人那样给自己的妻子留下一封遗嘱呢？换句话说，那个人为什么不能像一个正常人那样给他的妻子留下一封遗嘱呢？重点就在这里，如果这样做的话，这个人就得模仿老桑迪笔体。况且模仿别人的字迹是一个比较难的事情。另外一个原因，如果追查起来，很容易被发现。因此，他思来想去只好在树皮上刻下了遗言，而且全部用大写的字母。桑迪先生，这可不是简单的自杀，我坚信这是一个有预谋的杀害。"

亨利猛地站了起来，看得出他的神情有些异样，片刻，他又俯下身蹲了下来：

"哦，您说这是一场有预谋的事件，对此我有些疑虑，既然那么长时间，应该把这事做得更隐秘才对。如果真如您所说的那样是谋杀，我一定对这个人——或者他们中的任何一个，绝对不轻饶。"

神父用严厉的双眼盯住亨利："你到底说的是谁？"

"既然您断定是谋杀，那么，我想一定是那个人干的。"

于是，亨利慢吞吞地讲起来：

"您说看到过把情书刻在树上，这事我就亲眼见过，就在这里，树叶下面两个人你来我往分别刻的——我想您应该知道了，就是桑迪夫人和我叔叔的秘书。桑迪夫人和叔叔还没有结婚的时候，就是这座庄园的主人，那时，就认识这位花心的秘书。我想，这一定是他们背地里私通时，在树上留下的爱的誓言。然后，又在这棵见证他们爱情的大树上，演绎一出自杀的绝笔。"

布朗神父打断了他的话说："这样的话，他们就成了一对十恶不赦的坏蛋。"

亨利明显有些激动："这种因婚后偷情帮助情妇杀夫的事情还少吗？这样的事情，在历史上或警方的案件笔录上也不会少吧？还有巴士威尔……"

"我当然知道巴士威尔帮助情人玛丽女皇谋害前夫的故事，"神父回答说，"那毕竟是传说。但有丈夫是因为妻子的外遇，就这样死于非命。那么，顺便问问，之后他们怎么处理尸体的？我的意思他们是怎样把尸体藏起来的？藏到哪儿了？"

亨利有些烦躁地说："我觉得，他们让他淹死后，就顺势把尸体抛到河里。"

布朗神父紧锁眉头，若有所思地说："人们往往会想到把尸体仍进河流，然后，被冲入大海，其实，不然，如果你真的把尸体扔入大海，我坚信，他基本上不会被冲进大海里，而是被搁浅或漂浮在某一个地方。我推测他们一定用一个更周密的方法来处理尸体，不然的话，可能现在都已经找到了，或者会暴露了一些迹象……"

"为什么非要找到尸体呢？难道那树干上刻下的字迹还不足以作为证据？"

"破获谋杀案件时，最关键的证据就是尸体，如果找到了尸体，我保证这个案子就基本上会真相大白了。"

布朗神父继续翻看着这件奇特的浴衣，很长一段时间没有言语，甚至他连头都没抬一下就似乎感觉到这里又出现了另一个人，他一动不动地站在花园里像一座雕像一样。

这时，神父压低嗓音对身边的亨利说："你对长着一对死鱼眼睛的斯坦恩爵士，就是给你叔叔送信的那个小个子有什么想法？那天我观察到，你叔叔看完信后，表情就有些不对劲了。因此在我听到他自杀的时候就联想到这里，也许我太敏感了。如果我没猜错的话，那个小个子是一个很一般的私人侦探。"

"哦，他有可能是吧，"亨利的回答显得有些迟疑，"这种私人侦探暗地调查的事情很多家庭都会有吧？可能我叔叔已经拿到了妻子不忠的证据，因此他们就……"

布朗神父警告说："这种事不能大声说，你家的侦探在监视我们呢！就在我们身后不远的树丛里。"

亨利抬起头看过去，鲜花盛开的花园中那一双死鱼眼睛正注视着他们，十分可恶。

亨利按捺不住自己的愤怒对他吼道："你来这里干什么？马上给我滚蛋。"

站在花丛里的人说："布朗神父，我能和您谈谈吗？那样的话，我将感激不尽。"

听了这话，亨利·桑迪更加愤怒地转过身去。神父想，亨利一定和斯坦恩爵士有些私人之间的恩怨。于是，神父毫不理会地返回坡上走着，看到树干上以前刻下象征爱情的文字，似乎在进行思考，但更多的是把精力放在研究那刻在树上遗言的字体上。

亨利对若有所思的神父说："看到这些字母你想到了什么呢？"

神父没有回答，只是摇摇头。

亨利继续说："这个字迹让我感觉和那张恐吓休伯特爵士纸上的字迹差不多。"

五

188号公寓里，斯坦恩爵士正请神父喝酒，抽雪茄。

"这件事，是我有生以来接触到的最离奇、最棘手的。"神父说，"这已经是事后一个月了。188号公寓就是上次劳资双方闹矛盾工人撤走前没完工的一套，现在已装修完毕。"

今天的斯坦恩爵士举止既沉稳又自然，态度十分的友善，非常令人惊讶。

"神父您太谦虚了，我们都佩服您的侦破能力，就这个案件来说，不少警察和侦探，甚至花重金请来的私人侦探都没有弄明白。"

神父吸了一口雪茄平静地说："也不能这么说，之所以没弄明白是因为他们没有找到案情的突破口。"

爵士赞同地点点头："对，我大概就是没找到突破口。"

神父接着说："就这件案子而言，和其他案件的不同之处在于，罪犯似乎故意做了两件不同的事，如果就一件事来说，可能无论做哪一件都会成功，但是合在一块就露马脚了。我们来推测一下，如果是一个人做的，他首先张贴出了激进分子似的恐吓的告示，然后又弄出个休伯特爵士的什么遗言。当然，那张告示完全有可能是一张无产者的宣言，工人中不乏有极端倾向的人心里想着有一天杀了休伯特爵士。既然如此，那也无法理解为什么事后又弄一个迷魂阵，弄一个自杀的现场。我坚信谋杀者绝对不是工人，我不仅了解他们，而且也非常了解他们的领头人。您想，像汤姆·布鲁斯或者霍甘这样的人如果去谋害一个人，然后被新闻媒体铺天盖地的曝光，那么对这个组织来说会带来多么严重的后果。那样的话，他们一定是精神不正常。还有一种可能，他先以工人的名义贴出威胁信，后又伪造自杀的雇主写下绝笔。"

"可这又是为了什么呢？太令人不可思议了。"

"如果他以为伪造一个绝笔就能骗过人们，那他当初为什么还要贴恐吓信呢？这不是弄巧成拙吗？您可以认为这是事后捏造的，因为自杀不像谋杀那样使人愤恨。但是这两件事联系到一起既令人愤恨又令人奇怪。他认为威胁信会把大家的目光集中在谋杀上，从而利用伪造的自杀绝笔把大家的注意力拉回来，这就是他的真正目的。如果，这件事是事后捏造的话，我觉得那一定是一个非常笨拙的人所为。可我感觉这个人非常的聪明。我的推测您赞同吗？"

"可这两桩事加在了一起，既引起了公愤，也诱发了好奇。他明明知道威胁信贴出之后公众的目光会集中在谋杀之上，可他真正的目的又是把大家的注意力从这上面引开。如果说这仅仅是一个事后想出的主意，那一定是一个没头脑的人想出来的。可我感觉这个罪犯很有头脑。您能有什么好主意吗？您还有什么更好的点子吗？"

"虽然我没有什么好的计策，可您的思路我还是跟得上的。我说我没有找出突破口，不完全因为我没弄明白是谁杀了休伯特爵士，不理解为什么有人认定是被谋杀，后又认定为自杀，一片混乱。"

布朗神父使劲地吸了几口雪茄烟，喃喃道："我们一定不能放弃，要认真分析和研究，用清晰的头脑解开谋杀和自杀的相互关系。通常情况下，罪犯会回避谋杀指控，但他并没有如此，他非要找到这样做的理由，而且他无须这样去做，于是，后来就捏造出毫无意义的自杀故事。简单地说就是，当初散布的谋杀言论，并没想找个人来承担杀人的罪责，他既然这样做，一定有他自己的苦衷。总而言之，公开恐吓是很必要的。但到底是为了什么？"

神父经过一番苦思冥想后说："我觉得暗地鼓动工人闹事的人值得怀疑外，公开的威胁谋杀没什么作用。有一件事是很明朗的，就是利用恐吓警告休伯特爵士不要解雇工人，而实际上，这件事是他唯一能下决心这样做的。因为休伯特爵士的为人和名声促使他只能进，不能退，否则他自己心中美好的自我就彻底地粉碎了。这是每一个英国绅士看得比命还重的东西。休伯特爵士也不是一个懦夫，他也是一个果敢、有激情的勇士，正因为如此，他经常是马到成功。事发那天，他那和工人打成一片的侄子当场就大叫'绝对不妥协'。"

斯坦恩爵士说道："嗯，我也观察到了。"

两人对视一下，然后爵士自言自语地说："因此，您觉得那个罪犯想要的就是……"

"停工。"布朗神父兴奋地喊了出来，"也可以说是罢工，他急需这样的场面，然后换一批廉价劳力，总而言之，就是将那批属于工会组织的工人轰走。至于他的目的我们先不去管他，为了达到他的真正目的，不惜牺牲那群激进分子背上谋杀者的罪名。然后，他开始了他的计划。事后，他极力地把大家的注意力引向了河边。其实，他的最终目的是想把大家的目光从建筑公寓那里引开。"

说着布朗神父抬起了头，环顾着房里的布置和家具，看着这位严肃有余的绅士，然后把目光落在他身后的两只箱子上，那是爵士公寓还没装修的情况下就搬来的。

"我猜想，罪犯可能是突然被公寓大楼里的什么人或事给惊了，"布朗神父继续他的推测，"冒昧地问问，您为什么大楼还没装修完就住进来？还有，亨利说您搬进大楼那天曾和他有过约会，是吗？"

斯坦恩爵士回答道："胡扯，没有这事，钥匙是头一天夜里我从他叔叔手里拿到的，我还惊讶他会从那里钻出来。"

布朗神父说道："哦，我也许能猜出他为什么去那里了……可能他正准备出去，结果您的到来把他吓得不轻。"

斯坦恩爵士说："那么，您对我也有疑惑吗？"

"对，起码您身上有两点值得怀疑，第一，您曾任职桑迪公司而后自动辞职。第二，您为什么还要搬回来，而且，还要住进没有装修好的新楼。"

斯坦恩爵士沉思着，闷头吸了一口雪茄烟，然后，用手弹掉烟灰，按了按面前桌上的铃并说道："如果您不介意的话，我请两个人进来。杰克逊，那个小个子侦探听见铃声就会进来。另外一个就是亨利·桑迪，让他过一会儿再进来。"

布朗神父站起身，看着壁炉里的火深思着。

斯坦恩爵士继续道："现在，我就可以回答您刚才提出的那两个问题，那时我离开桑迪公司的原因是我觉得公司里有一些不可告人的事情，有人私自捞钱。我之所以回来，住进这套公寓，是因为我断定休伯特爵士会死于非命，就想看到他死的真相——即现场。"

此时，小个子侦探走进屋，布朗神父转过了身子，低头看着地毯重复道："在现场。"

斯坦恩说道："杰克逊先生可以告诉您，休伯特爵士曾雇用他找出谁私自捞公司的钱。爵士失踪的前几天，他把那份调查报告给了爵士，告诉他那个人的名字。"

布朗神父开口道："我想，我已经知道他在什么地方失踪，他的尸体藏在哪儿了。"

"您是说……？"斯坦恩爵士急切地问道。

布朗神父一面说，一面用脚试探地毯处："就在这个地方，在这价值昂贵的波斯地毯的下面。"

"您这是怎么猜出来的？"

"我曾在梦中梦到过，但我才想起来。"他此时闭上眼睛，似乎努力地回想着那完整的梦境，"关于这件谋杀案的尸体隐藏的地点，我是在梦中解决这一难题的，每天早上我都被建筑工地的敲击声所惊醒，而那一天特别奇怪，清晨，我恍惚间被惊醒后，不知不觉地又倒头睡去，再醒的时候就预感到睡过了头，而实际没有晚。原因是那天清晨有过敲击声，但那时工地已经停工了，而且那敲击声和以往有些不同，急促、紧迫，出现在大约凌晨两三点钟。可能那熟悉的声音并没出现在平时习惯的时间，身体有些反应，随后又倒头睡去。现在想来，罪犯要尽力把原来的工人辞掉，而极力想换来新工人进场的原因，是如果老的一批工人第二天再来，就会发现有人夜里加了班，浇灌了水泥，铺平了地板，那么一定就会怀疑他，因为他懂得整个工艺，而且和工人们混得烂熟，偷学了他们的技术。"

布朗神父正讲着门被推开了，一个大脑袋伸了进来，正透过镜片对着屋里的人眨巴着双眼。

布朗神父依然毫不理会地望着天花板一字一板地说："亨利·桑迪说自己是个诚实不搞阴谋的人，可我觉得他太谦虚了……"

开门的人，转过身急忙地溜走了。

"这个人，多年来从公司顺利地捞到很多钱，"神父接着说，"当被叔叔发现时，就对叔叔下了毒手，并且，用一种独一无二的方法把尸体处理掉。"

斯坦恩爵士又一次按响了门铃，随着长长的刺耳铃声，小个子侦探像电影里的人物似的紧随在亨利身后，亨利像箭一样飞奔而去。布朗神父身子倚在阳台上，向下面望去。街道上五六个人从栅栏后、灌木后跃出，像网一样散开，逼近亨利。

布朗神父整理了整个案件的重要线索，所有的事情都发生在这个公寓里。亨利在这里掐死了叔叔休伯特，然后又把尸体藏在了坚固防漏的水泥地板下。这就是停工的原因，而后，对公司忠心耿耿的值得尊敬的老头子斯坦恩爵士的进驻干扰了他的罪恶计划，无奈和恐惧使他疯狂地编排了一桩浴衣，和树上的遗言的自杀谜团。

整个事件终于真相大白了。神父离开之前，还是再一次抬起头望了一眼这 188 号公寓，对那些充满正义的人们由衷地赞叹不已。

嗜血女恶魔

【法】莫里斯·勒布朗

一

在不到两年的时间里，确切地说，只是 1 年半的时间内，就已经有 5 个人惨死了。按照被害的顺序，这 5 个人依次是：医生的妻子兰托夫人、女装裁缝欧娜林·蓓尼诗、洗衣行的女用人科维萝、银行家的女儿阿璐达小姐，以及女油画家葛琳小姐。

她们有几个共同点——这 5 个人都是女性，而且都长得很漂亮，年龄都在 20～30 岁之间。这几个人被杀害的情况基本上也是一样的，起初都是没有由头地失踪，然后都是到失踪的第八天惨遭杀害，尸体都在巴黎的西部被人发现，而且，值得强调的是，凶手的杀人手法非常残忍，被杀者的致命伤害都是在头部，像是被人用斧子或砍柴刀猛力敲击而毙命。唯一不同的地方就是，这 5 个人似乎并不认识，她们居住的地方也都相距甚远。

这种接二连三发生的恶性杀人事件令所有居住在巴黎的女人都充满了恐慌。人们不仅夜里不敢出门，就连在白天，只要接近黄昏的时候，就也不再敢出门了。因为杀人凶手的作案手段的极端和残忍，所以人们称其为"杀人魔王"。

警察局也用尽全力去调查案件，逮捕凶手，但是总是找不到任何有用的线索，包括凶手的样貌特征、年龄特征、性别特征等都不清楚，还有被杀害者在死前被藏匿的地点，也查不到头绪。

另外，还有作案动机也无法确定。这5位被害者的尸体被发现的时候，警方都能发现她们身上的钱财、首饰等贵重的东西不见了，但是这也不能确定是谋财害命，因为尸体是在荒郊野外发现的，所以也存在着被路过的流浪汉偷走的可能。因为这5个人被害的方法都异常残忍，所以存在着仇杀的可能，但是经调查发现，这几个人生前彼此不认识，没有任何瓜葛，没有理由会遭受到同一个凶手的仇恨。

然而，唯一能确定的是，这5个人在那8天的时间里，几乎没有进食过任何东西，因为她们都饿得不成样子，手脚瘦骨嶙峋，经过解剖还发现胃里也是什么东西都没有。她们的皮肤留下深深的凹痕，应该是被绳索捆绑后留下的痕迹。而且发现尸体的地方，在尸体的旁边都留下了马车的痕迹，所以警方推断，这几个人应该是在别的地方被杀害之后，才将尸体再运到这里的。

凶手到底是谁呢？整个案件扑朔迷离，完全没有侦察方向。社会上的舆论一片哗然，人们都在批评警方办事不力，等等。巴黎的警察局上上下下都焦虑万分，但是所有人都想不到任何突破口。

然而，就在大家都一筹莫展的时候，一件奇怪的事发生了。

二

一天傍晚，一个女清洁工工作完毕后拖着疲惫的身子慢慢地往家走。半路上，她感觉自己的脚突然踢着了什么东西——

一个皮夹子，本以为里面装的是钱，心里紧张得一阵心跳。但是，当她将皮夹捡起后打开一看："呸！我还以为是个钱包呢……"原来里面只是一个黑色的皮面小日记本，于是愤愤地说道："这种破玩意儿，不值钱。"

女清洁工的心情由最高点直接降到最低点，心中十分厌烦，扫了一眼，就想顺手扔掉，但是转念一想，本子中间会不会夹着几张钞票，于是随手翻了翻——整个本子里面基本上是空白的，只有一页有几行字迹，看上去是几个女人的名字。

"这是什么东西？不会是女朋友的名字吧……没劲。"清洁工一边嘟囔着，一边在昏暗的路灯下下意识地念着这几个名字。突然间，她的心跳猛然加速，好像有点耳熟的感觉——前面5个名字不就是之前惨死的几个人吗？

她的心跳越来越快，她往下看下去，发现这5名死者的名字正是按照她们被害的时间顺序排列的，而且，还有一个奇怪的地方是，她们每个人的名字后面都标记着一个三位数的数字，比如：兰托132，蓓尼诗118……难道是杀人恶魔丢掉的东西？想到这，她因害怕和紧张全身一阵寒流流过，于是急忙把东西交到了警察局。

黑色皮质封面的笔记本经警察总署的判断结果，的确是杀人恶魔的。而且警察还发现，笔记本上除了5个被害人的名字，还有另外1个人的名字，看姓氏好像是个英国人"威廉森114"。

"难道这个人也被杀人恶魔杀掉了吗？"

"应该不是，目前我们还没有接到报案，说叫这个名字的人失踪或者遇害。"

"那这么说来，这个人会不会是杀人恶魔的下一个目标？"

所有人都恐慌起来，杀人恶魔已经有下一个袭击目标了，这件事情不容小视。第二天，全市警察开始查找姓威廉森的女性。最终，在吴拓佑区的一户人家查到一个叫作胡帕·威廉森的女护士，英国人。15 天前她请假回国，但是到今天还没有接到她平安到达的消息。警察当局立即做出部署，出动所有警力重点搜寻，结果，在森林中找到威廉森的尸体——死状惨不忍睹，头盖骨被完全击碎。尸体是被一个正好路过的邮差发现的，发现的时候她的尸体全都腐烂了，警方推测死了 1 个星期左右。

如此，警方便更加肯定那个黑色的笔记本果真是杀人恶魔的东西。看来她行凶前后会把被害人的名字挨个做记录。

不过，令人百思不得其解的是，这些数字到底是什么意思呢？大家一致认为凶手一定是个凶残的男人。但是当警方将日记本交给专家鉴定之后，得到的结论让所有人大跌眼镜：这些字是女人的笔迹，而且可以推断这个女人接受过高等教育，多才多艺，性情温文尔雅，品德高尚，心地善良。但是，这个女人似乎很敏感，神经有点脆弱。

听到这样的推断，全巴黎的人都很震惊，一个残暴的杀人恶魔，居然是女人？报纸上再一次将她所有的犯罪情况重新详尽地报道了一遍，并且说她是一个天生就具有嗜血成性的"持斧女人"。整个巴黎持续恐慌，人们更不敢独自出门了。

但是，到了这时，事情又有了新的进展。

在巴黎一家很主流的报社的编辑室里，一个记者拿着报纸，若有所思的样子。

"啊，对了……"

"怎么了？什么事？"被他的大叫吓了一跳的旁边的同事问道。

这位年轻的记者用笔指点着刚才他看着的一张纸——纸上是他从那个黑色笔记本上抄来的名字和数字，说道："我终于知道这个数字的秘密了！"

"什么？怎么回事，什么秘密？"

一直跟踪报道这件新闻的所有记者都闻声聚到他的桌旁。然后，他很得意地说："你们看，我把被害人和各自被诱拐以及遭到杀害的日期分别写在了他们名字的下方，刚才我就一直研究其中的关联，终于发现，这真的可以写出一篇特稿啊！"

"先别急着激动，把话说清楚。"

"你们听着，注意了，第 1 个被害者是兰托夫人，她后面的数字是 132，而第 2 个被害者蓓尼诗被诱拐的日期距离兰托夫人失踪的日期正好有 132 天。"

"接着往下看，蓓尼诗的名字后面写着数字 118，而第 3 个被害者科维萝被诱拐的日期也正好是蓓尼诗失踪后的第 118 天。以此类推，其余的那些日期也完全对得上号。"

"嗯……"记者们都表示认可地频频点头，这个发现可真是了不起，如果这个新闻报道出去，一定会令整个巴黎都轰动起来。

总编闻讯也赶了过来，并吩咐当天晚上把这条报道发出去。但是突然，他脸色一变，惊叫了起来："不得了了！"

"怎么了主编？"

"这下不仅是一个特稿新闻了，你们看，这第 6 位被害人威廉森的名字后面的数字是 114，按照我们的推理的话，就表示第 114 天之后，就会有第 7 位受害者将被诱拐失踪，是这样的吗？"

在场的所有人都尖叫起来："是啊，对啊！"

"威廉森被诱拐失踪的日期是 6 月 26 日，那么……从那天起的第 114 天……也就是 10 月 18 日，就会有第 7 位女性被诱拐失踪。如果那天要是真的有年轻的女士失踪的话，那一定就是被'持斧女人'抓走了。我们一定要呼吁市民提高警惕，注意安全。"

总编又接着叮嘱那位年轻记者说："这篇特稿你要快点写，内容就写根据已经解开的数字谜团进行推断，10 月 18 日那天会有人被杀人恶魔诱拐失踪。写好就马上刊登出去，越快越好，一定要快！"

该篇特稿一刊登出来，就引起全市女性们的惶恐。第 7 位被害人到底是谁？那个恐怖残忍的"持斧女人"到底是谁？她又隐藏在哪个角落呢？

三

10 月 18 日，这个重要而恐怖的日子来到了。

这天早上，青年公爵雷因给奥塔斯小姐打电话说道："我有两张吉莫纳斯剧院晚场楼上座位的戏票，想要邀请你一起去看，你愿意来吗？"

"谢谢你的邀请，我会去的。"

"那好，我们 9 点见，你要是比我早到，就在座位上等我会儿，"公爵开着玩笑说，"不过你可要小心啊，今天可是 10 月 18 号啊，你如果在街上遇见持斧女魔，就掉头跑掉，然后躲起来，知道吗？"

"你放心吧，我会注意的。"

听见奥塔斯愉快的回答，公爵仿佛看见了她那迷人的笑靥，于是微笑着放下了电话。

下午的时候，公爵买来了所有的报纸，仔细地浏览了一番，发现并没有关于女性被诱拐失踪的报道或者消息。晚上 9 点，公爵准时来到了吉莫纳斯剧院，奥塔斯还没来，不过等到 9 点 30 分，还是不见她来。公爵心想也许她临时有事耽搁了，并没有太担心。不过为了确保没有万一，他拨通了奥塔斯小姐公寓的电话。

女仆接到电话说道："小姐人不在，出去了，还没回来。"

听到这话，公爵立即紧张起来了，他开着车立马赶去小姐的公寓。奥塔斯的住所是一幢靠近萌莎公园的高级公寓，里面配置的家具饰物都是公爵亲自挑选的，还有小姐的女仆，一个年轻朴实、为人忠厚的人，也是公爵专门为她雇的。

女仆对公爵说："大约在 9 点时，小姐去邮局寄信。出门的时候还跟我说，寄完信要回来换件衣服去剧院看戏，但是到现在也不见她的影子，我真的很担心。"

"她要寄信给谁啊？"

"哦，是给您寄信，我看见信封上写着'雷因公爵先生收'。"

"啊？我们已经约好了今天晚上见面啊，怎么还寄信呢？信里到底写了什么啊？"

真是很奇怪，公爵心里怎么也想不明白这件事，越想不明白，就越是焦虑，他在公寓里一直等，直到深夜小姐仍没有回来。一定是出事了，奥塔斯一定是被"持斧女人"抓走了，她没准就成了第 7 位受害者，公爵这样想着想着，眼前发黑，整个人像要晕倒了一样。他努力抑制住自己的恐慌，理性地分析了一下，"杀人女魔"一贯都是在诱拐女性之后，等到第 8 天再将其杀害，这就说明，在 8 天之内，奥塔斯不会有生命危险，一定要把握好这段时间，把奥塔斯救出来才行。

于是，公爵开着车回到了家，并对男仆严格地吩咐说："三四天之内都不要打扰我，我要在房间里思考一些重要问题。每天就送饭或者送信过来就行了，其他情况都不能进我的房间。"然后便躲进房间。

公爵瘫坐在沙发上，目不转睛地盯着巴黎刊登相关报道的报纸，心想，还有 7 天时间，不，还是慎重行事，算 6 天吧，6 天之内一定要把奥塔斯救出来。

过去的两年内巴黎所有发行的报纸现在都按照日期的先后顺序排在公爵的面前，这都是他曾经认真地保存起来的。他细心地把关于"持斧女人"的新闻报道，一字不漏地从头到尾仔细研究，希望能从中找到一些线索。

时间飞快地过去了，1 天……2 天……公爵依旧没有任何头绪。3 天……4 天……公爵的两眼发红，蓬头垢面，脸颊消瘦了许多，胡子又长又乱。

转眼间，已经是第 5 天了，他仍旧拼命地翻阅着报纸，但是这个方法似乎对他没有任何帮助，他没找到任何有用的线索。他绝望极了，双手揪着自己的头发："明天就是第 6 天了，加上今天，奥塔斯也只有 3 天的时间了……她现在一定既害怕又痛苦，她肯定在呼唤着我的名字，希望我能救出她来，可是我……"公爵觉得自己的脑袋几乎要爆炸了。他站起身来，打开窗，深呼吸着。现在是午后 5 点，秋日的天气清新爽朗，天色纯净，微风拂面，十分舒服。但是这样舒心的美景仍旧无法抵挡他内心的阴霾。他呆呆地盯着院子里的花朵，然后凝思，继而又回到沙发上，掏出报纸，继续使劲搜索着。

6个被害人的名字就在报纸上详细地刊登出来：

兰托夫人，医生的妻子。

欧娜林·蓓尼诗，女式服装缝纫师。

科维萝，洗衣店女仆。

阿璐达小姐，银行家的女儿。

葛琳小姐，女油画家。

胡帕·威廉森小姐，英国籍的女护士。

看着看着，他突然发现一个奇怪的地方，那就是，这些被害人除了蓓尼诗和威廉森2人有全名，其余的4个人却只有姓，而没有名字。忽然，他好像想到了什么似的抓起电话，打给科维萝工作过的洗衣店的店主，询问她的确切名字。

"她叫意赖丽。"

公爵立即精神抖擞起来，并用钢笔将这个名字补充上去。

"啊……原来是这样，嗯，一定是这样的，这是一个很好的线索，要从这点彻底查清楚。"他攥紧了拳头，眼神中放射出异样的光芒。

天色逐渐暗淡了下来，公爵知道，他一定要有所行动了。他起草了好几份求职广告，然后吩咐自己的司机将广告登载到几家大报社的早报上。

广告是这样拟定的：

应聘女厨师，具有长期的工作经验，有意向者请给报社写信联系，截止到今天下午5点。

艾米妮

第二天的早报，这则广告如期刊登出来，尤其是名字还用特大号的黑字体写出，很引人注目。

到下午 5 点的时候，有很多封信寄到报社，另外还有两封电报。

公爵把这些信件和电报拿回来，仔细地翻阅着，最后他的目光锁定到了一封快信邮件上，他仔细地看着这封信的前前后后，然后谨慎地打开，查看着……他很得意地嘟囔着："这封信有点怪，没准就是这封！"

只见信封上盖着多罗恰得罗邮局的邮戳，寄信人的名字是洛洛基因·巴诺，住址是：卡勒勃街 47 巷 2 号。

这个洛洛基因·巴诺……难道是……前殖民地长官？对他来说，这个消息似乎出乎意料，他沉思了一段时间，然后立即开着车来到了卡勒勃街 47 巷 2 号洛洛基因·巴诺的宅邸。

四

洛洛基因·巴诺的宅邸很大很阔气。雷因公爵递上自己的名片，之后被人带到长官的书房。书房也很大很阔气，墙上的书橱中塞满了各种各样的书籍，排列得非常整齐，而且，就连那些新版的书籍，也都被精心地装裱过了，书脊上印着明亮的金字。

长官走了出来，公爵看到他十分的惊讶，他看起来比自己预想得要年轻很多，虽然头发和胡子都有些花白，但是气色和精神都很好。而且，从外表看来，是一个诚实而温厚的老实人。公爵心里想，竟然是一个举止绅士、气度不凡的人，难道是我猜错了吗？公爵边想边礼貌地鞠躬。

长官也微笑地跟他点头握手。公爵觉得他的手很温暖，也很柔软。

"您好，我是雷因公爵，请您多多指教。"

"久仰久仰，在巴黎社交界恐怕很少有人不知道您的大名吧。"

"不敢当，不敢当。"

公爵微微地点头表达谢意，却一点没提报纸上的广告以及快信邮件的事情，长官脸上泛着笑容，一副温和而安然的样子。

"在下今天突然前来拜访，请您不要见怪，我只是因为在报纸上看到您很熟悉那个被'持斧女人'所杀害的女裁缝蓓尼诗……"

"不，我跟她不是很熟悉，只是我夫人缝制衣服的时候一定会让她去做，所以她才会跟我们经常有来往。她的衣服做得非常好，我夫人也很喜欢她做的衣服。所以，当我听说她遇害的消息时，也很惋惜。"

"我也跟您的态度一样，那个杀人恶魔真的太可恶了，这样好的人都要杀害。"

"这个人可是全市人民的公敌啊。已经杀了那么多人，警察局到现在还没有抓到她吧？"

"是啊，不仅到现在还没抓到，而且，现在又要犯案了，那个女魔又诱拐了第7个人！"

前长官巴诺听后脸色突变："啊，真的吗？"

"是的，而且关键这第7个被拐走的还是我最喜欢的人。"

长官一下子从椅子上猛地站了起来，眼神充满了同情和诧异："啊！把……把您的女朋友？但是我经常看报，而且都很仔细，可是没有发现报纸上刊载过有人被诱拐失踪的新闻啊。"

"那是因为我还没有报案，我是故意隐匿消息的，她确实是在 18 号不见的。"

长官长叹一声，说道："啊……18 号？……今天是 22 号了……"。

"是的，今天 22 号，依照之前的案例，女魔头会在第 8 天杀人，也就是说 25 日那天她便会被杀。"

"这太恐怖了，必须要想办法把她救出来啊。"

"长官，如果您肯帮我，就一定能救她出来！"

"啊？我帮忙？……我能帮上什么忙呢？应该找警察帮忙吧，您报案了吗？"

"没有，那些警察很平庸，一点用都没有，而且，我另有想法，所以才没报案，把这件事隐瞒了下来。"

"为什么呢，你有什么想法？"

"这桩案子不是一件普通的案子，那些警察只会用老旧的笨方法，肯定是没办法破案的。在尸体现场根本没有发现任何有用的线索，包括指纹都没有查到。凶手一点证据都没有留下，就这么销声匿迹了。"

"这种残忍的行为，不是一般人能做得出来的。她真是个无从寻找的女魔头，简直是个嗜杀鬼，这种罪犯就连警察也没有办法。"

"啊，您的意思是说罪犯是一个不正常的人？"

"没错，能使用这样极端的手段去连续作案，肯定不是正常人，要么就是精神不正常，要么就是疯子！"

"疯子？"

长官不经意地叫出声来，脸色苍白，两腿哆嗦，像要倒了的样子。

"可是，公爵……您怎么判定罪犯是个疯子的呢？"

"您想想，她的作案过程跟正常人很不一样，也不是常人的逻辑。"

"什么地方不正常？"

"我这几天都在想这件事，终于想出来凶手不正常的地方。"公爵边说，边盯着长官脸色的变化，他说，"我仔细研究了6名被害的女人从失踪至被杀的间隔情况以及凶手行凶的手法，所以断定这个案子的凶手肯定是个彻底的疯子，她的行为完全是一个疯子的行径。"

"这种危险的疯子，本应该被关禁闭。"

"不过，疯子中也有拥有聪明才智且懂得思考的人，她能从别人难以想象的地方逃出去，并且不留下任何痕迹，所以并不会引起看守她的人的注意。"

"正常情况下，这种人看上去跟其他人没什么两样，不过，在某个特定的时间里，她会骤然变成另外一个人，比如变成一个嗜杀狂，这个'持斧女人'一定是属于这种情况。"

"但是，您根据什么认定她一定就是个疯子呢？"

"理由很充分。她杀人的程序和手法是不变的，先诱拐那些年轻漂亮的女性，而且一定要等到第8天再将其杀害，杀害的方法都是用一把斧子猛击被害人的头顶，这是一般的女人不会采用的手段，而且如果不是精神不正常的人，一般不会有足够的心理强度来应对这样凶残而血腥的脑浆四溅的景象。"

"嗯，按照你这样的分析，应该是正确的，但是，假如凶手真的是个疯子，肯定不会这么明确地去选择行凶对象，并且把人抓走，然后再拘禁，直到等到第 8 天再行凶。所以，如果这样理解的话，您的女朋友奥塔斯小姐也不一定就是被杀人女魔抓走的吧。所以，我看，您还是不要太担心了。"

"但是情况并不是您想象的那样。如果真的像您说的那样，全巴黎 200 多万女人，她想杀谁，都有可能。可是事实并不是这样的，很明显，她是在选择特定的人行凶。"

"那她为什么这么做，您想明白理由是什么了吗？"

"想明白了，我是整整花了 4 天时间才想出头绪来。"

听到这话，长官的脸色越发的苍白，但是流露出一种极想要知道的目光。

"报刊上登出的被害人的名字有几个是不全的，后来我经过查找和询问，把那几个人的全名都查清楚了。"说着，公爵拿出自己整理的纸单给长官看。

"这是什么意思？"只见长官胡子微微颤动了下，好像很慌张急躁的样子。

"您没发现其中的规律吗？您仔细看一下，这几个被杀的女人的名字都是由 8 个字母组成，而且首字母都是 H。我的女朋友奥塔斯的名字也是 8 个字母组成的，首字母也是 H。所以，这么说的话，她被'持斧女人'抓走的理由应该很清晰了吧。而且，光从她选择袭击对象的角度来分析，她的确很偏执，这也足以证明她是个疯子。"

巴诺长官的脑门上全是汗，脸色惨白得像个死人一样。公爵看到眼前的情形，便问道："您身体不适吗？"

"不，不，我只是觉得太不可思议了……而且我所认识的那个女装裁缝师又是被杀的人之一，所以……"

长官喝了点水，便稍稍镇静下来。

五

"公爵，可能您说得对，但是这没有证据啊，不知道您能不能对此加以证明。"

"有的，那个持斧女人一定是在努力地寻找名字由 8 个字母组成，并且名字的首个字母是 H 的年轻貌美的女子。所以，我就弄了个假的求职广告，名字设定成符合这个条件的艾米妮，并且用黑体突出出来。"

长官似乎很担心的样子，急切地问道："那有人通知您要雇用她当女厨吗？"

"有啊，我一共收到大概四五封信，其中有一件是用快信邮件写来的。"

"是谁寄出来的信？"

公爵把那封邮件递给长官，说："就是这个，您看一下！"。

长官面色凝重地拆开信封，当寄信人的名字映入眼帘的时候，他的脸色顿时大变，神情错愕，但是他假装大笑来掩盖心中的恐慌："抱歉，这是女管家写的信。"

"是您府上的吗？"

"是啊，最近有个女仆请假，可能是家里忙不过来，所以看到您发的求职广告，为了节省时间，就给您寄去了快信。"

"那我能见一下管家吗？"

"当然可以。"

"这封信是您发的吗？是您看到那个广告之后自己写的吗？"

"不是，是女看护斐丽莎娜嬷嬷告诉我的，她一直在照看夫人，她打电话说是报纸上有这样一则广告。"

"那么夫人不住在这里是吗？"

"是的，她身体不好，住在别的地方休养。"长官声音沉沉地回答。

"在哪里休养呢？"

"啊……是在郊区，因为那里环境比较好，所以……"说完，长官又假装轻松地笑了起来，说，"那您不会是怀疑我夫人是凶手吧。"

公爵笑了，说道："哪里，怎么会呢……只是，您夫人为什么非要雇一个这样名字的女厨师呢？"

"因为我家中的仆人忙不过来。"

公爵的语调骤变："您真的这样想的吗？不对，您在欺骗我，您的眼神飘忽不定，我知道您在说假话，您肯定是了解真相的，只是为了庇护夫人，但是这样会让奥塔斯丢掉性命的。"公爵说着狠狠地盯着他，长官不知不觉地低下了头，用手捂住自己的脸，一副痛苦难耐的样子。

公爵拍了拍他的肩，安慰道："我对您的际遇十分同情，夫人患上了奇怪的病，您肯定吃了不少的苦头吧。但是如果任由这样发展，奥塔斯肯定活不了了。麻烦您一定要告诉我真相吧，为了奥塔斯，您一定要帮帮我。"

此时长官的眼泪不由自主地流下来了，公爵安慰他说："长官……只要奥塔斯能安全地救出来，我不会把这件事通知警察和媒体的，我永远都不会说出来的。"

"真的很感谢您，公爵，要是这件事情传出去，我们家的声誉都会毁于一旦的，我再也没有脸见人了。"

"您放心，我说到做到。您快告诉我真相吧。"

"好，我说，"长官微微平复了一下自己的情绪，然后语调悲哀地说道，"我和夫人是在我任职于殖民地的时候结的婚，我们有两个小孩，她们是孪生姐妹，但是我夫人天性敏感过度，似乎带点病态，虽然受过良好的教育，但是脑子不太正常。

"她一直很疼爱小孩子，但是我夫人对两个孩子的注意力已经完全超过正常人应该给予的范围，只要孩子在她身边的时候，她的精神就很正常，跟平常人毫无差别，就是一个善良慈祥的好母亲。但是，有一天，她带孩子出门的时候，从胡同中突然冲出来一辆车，把两个孩子撞倒在地，最终两个孩子的性命都没能保住。

"那件事给我夫人带来了很大的精神冲击，从那以后，她就有点精神分裂，虽然表面上看去跟正常人一样，但是每当想起两个孩子，她的脾气就变得异常暴躁，甚至连我都不认识了。而且，她经常会半夜三更地冲出门外去找孩子，在大街上来来回回地边跑边哭。

"看到我夫人这样，我真是很心疼她，我心里也很痛苦，所以就到处找医生帮她治病，可是一直没有好转。所以，我就从殖民地回国，把夫人送到了市郊一座非常大的精神病院内入院治疗，并且聘请了一名叫作斐丽莎娜的老人在她身边贴身照顾她。而我自己呢，就在这里独居，家里大大小小的事情都交给管家。"

面对着这样一位不幸遭遇的憨厚老实的绅士，公爵十分同情。

"您真是可怜，您夫人因为女儿而饱受痛苦，变得疯癫，为了给女儿报仇所以专挑样貌漂亮的女人杀害。"

"是的，只有疯了的人才会做出这么可怕的事情。在她没有住进精神病院的时候，只要一到晚上，她就好像看见了我们的孩子一样，不停地大叫孩子们的名字，然后将自己的身体扭曲在一起，好像在抱着她们似的，哪怕吃安眠药也没有用。"

"有天夜里，我听说她睡得很沉，听到这个消息我很开心，但是过去一看，吓了一跳，她的怀里是1只死去的小狗，我夫人把我们家里养的1只小狗勒死了，然后搂在怀里。在这之后，她相继勒死了3只小狗，然后搂着小狗的尸体安然入睡，这都是跟在她身边照顾她的女护士斐丽莎娜见到之后，吓得浑身发抖地说给我听的。"

"那现在，是不是她已经无法从猎杀小动物身上寻找满足感，所以才寻觅年轻女子为杀害对象呢？"

"现在看来应该是这样的……真是作孽啊，我夫人怎么成了杀人恶魔！"

"您夫人叫什么名字？"

"爱蒙恩。"

公爵禁不住大叫道："爱蒙恩？天啊！名字也是由8个字母组成的，而且首个字母也是H！"

"啊，我夫人找的就是跟自己的名字相同的首字母为H且由8个字母组成的年轻女性，然后将她们杀掉。这些事情真是正常人没办法想到的事情。疯癫的人会有他们特定的思维，这就造成她会因为杀掉跟自己有某种关联的人而产生快感。"

"啊，这么说来，奥塔斯太危险了，她会被杀掉的。"公爵的脸色变得苍白，他知道，自己不能再耽搁了。

"您夫人住的那个精神病院在哪里？"

"在得帕洛街。"

六

这时，电话铃想起来了，长官拿起电话，原来是看护夫人的斐丽莎娜打来的，每天这个时候她都会给长官打个电话，主要是汇报夫人的情况。

"喂，是斐丽莎娜吗？夫人今天的情况怎么样？"

"跟平常一样，没什么异常。"

"睡得好吗？"

"夫人她睡得很不好，这五六天基本上没怎么睡，好像心里很烦躁的样子。"

"嗯……那现在呢？"

"她把自己关在房间里。"

"你现在再看看夫人的情况。"

"哦，门已经被锁上了。"

"啊？什么？你知道她在干什么吗？"

"啊，好像是在偷偷地做些什么……只能听见一点微弱的声音，还有点奇怪……好像是女人的惨叫声……老爷，您快来，请您马上过来……"

"好的，我现在就过去。"

长官放下电话，跟公爵转述了电话的内容，公爵听到后，脸色大变。于是公爵抓着长官的手腕，把他拽出门，将他推进车里，自己靠在长官身上，并且压着他的两只手，因为公爵害怕长官会因为太悲痛而自尽，所以为了防止意外，他一直紧紧地控制着长官。

车子以最快的速度向西部的郊区走去。两个人的心里都很焦急，以至于在车中都默不作声。

为了打破这种尴尬的气氛，公爵说道："长官，我都弄清楚了，为了能让自己安心入睡，夫人才将小狗勒死。现在，小狗已经不能给她带来满足感，所以她便开始杀人，而且她还保持着某种奇怪的规律——她挑选首个字母为 H，而且名字又是由 8 个字母组成的女性，在她的精神状态里，如果不把她们杀死，她就没有办法安睡。而且，如果立即把人杀死，好像又没有办法解除她心中的恨意，所以，她就先把她们拘禁起来，然后把她们放倒在地上，并把手脚捆起来，看着她们因为恐惧和痛苦而惨叫以及扭曲的样子，然后便觉得心里得到宽慰，直到第 8 天，再用斧子把她们劈死，这就是嗜杀者的恶习，简直残忍至极。

"她要亲眼见到被自己杀死的人的鲜血，才会安心，之后才会得到一段日子的安然入睡。杀掉第一个受害者兰托夫人之后，她安然地沉睡了 132 天，而杀掉了第二个受害者蓓尼诗小姐，则只让她安然沉睡了 118 天。然而一旦这种安心的感觉消失了，她就会寻找下一个目标。

"您的夫人真的是一个恐怖的杀人恶魔，也确实是一个可怜的疯子。但是，像她这样的危险性很大的疯子到处乱跑，院方应该负很大的责任啊。那么医院到底怎么样呢？"

"那家医院的规模很大，院长说过，如果精神病患者一直被关在牢笼般的房间内，病情反而会恶化，所以这间医院在户外种植了很多树木，每隔一段距离就有一个独立的病房，房间就跟别墅一样，设施齐全。在我夫人房间的隔间就是贴身护士的房间，里面还有两间屋子。"

"喏，后面的那两个房间没准就是她藏匿受害者的地方，但是运送尸首的马车又从哪来呢？"

"医院里有马车车库，都是专门为了运送病人准备的，因为有的时候需要深更半夜就运送病人，所以一般情况下马车都是套好的。

"马车车库也是远离医院病区的，在茂密的树林间，我猜我夫人肯定是悄悄地溜到车库，然后驾车出去的。"

"您夫人会驾马车？"

"嗯，在殖民地的时候学过马术。"

"但是她身边的女看护斐丽莎娜一点都不知道，真是很奇怪。"

"斐丽莎娜年纪很大了，耳朵也不太好使了。"

"那马车怎么溜出医院大门的呢？"

"因为这里医院的大门都是彻夜敞开着的，看门人到了半夜几点就会去睡觉，有事需要通知他的话，就会按动电铃。"

"那斐丽莎娜为什么要将刊载在报纸上的关于广告新闻的消息告诉女管家呢？"

"我猜是我夫人看到的广告。斐丽莎娜是老花眼，她看不清楚报纸上的字……我夫人看到报纸，肯定觉得登广告的人非常适合她的要求，便让斐丽莎娜打电话。如果我雇用了那个女厨，那么她就可以随随便便地找个理由把她叫到医院里去，然后再把她关在后边的屋子里，把她杀死。我猜测肯定是这个样子的。"

"说得很对，疯了的人，有的时候，智商都很高。"

公爵无可奈何地看了看手表。车子很快就到达了医院所在地得帕洛街，车子爬上一段很长的坡道，就看到了医院的铁栅栏。

公爵稍微挪动了下身体，对司机说："把汽车沿着铁栅栏开过去，从正门走的话不是太合适。"然后又回头对长官说道："不知道医院有没有后门？从后门偷偷地进入医院比较好。要是被您的夫人或是医院的人看见，那可就不好了。"

"前面那是不是后门？"

车子停了下来，整个医院仿佛是一片大森林，周围都是铁栅栏，往前是紧闭着的后门，无人守卫。

公爵用自己的工具撬开门锁，二人便偷偷地进入林荫之中。

七

"您夫人的病房在什么位置？"

"就在那边。"

他们将脚步放轻，屏住呼吸，悄悄地靠近。

"我夫人的房间就在这边，那边是看护的房间。"两个人围着这幢病房查看了一圈。

"那这么说来，如果您夫人要是晚上出门的话，必须要经过护士的房间？"

"不，她自己能打开后门，顺着走廊，走到后面去。"

"您不是说过，还有两间独立的房间吗？在什么地方？"

"在那里。"

"啊……窗上的钉有铁棍，可是……"公爵悄悄地走到窗子底下，拉了下每根铁棍，发现其中两根很松。"是这样，您夫人肯定是从这跑出去的，回来再把铁棍重新插好。她真是细心，疯子比正常人更聪明。"他一边说着，一边小心翼翼地卸下铁棍，然后向窗内探头。

屋子里很暗，然而在星光的映衬下，好像能看见屋子里的一些情况，屋子和一般的卧室一样——床、桌子、椅子。在房间的尽头处，椅子上好像坐着个人，是个女人。另外还有个女人，躺在地板的褥垫上。坐在椅子上的女人，极其柔弱，头发乱蓬蓬地垂下来，用双手杵着垂下来的额头，眼睛直直地盯着地上的那个女人。眼睛像是野兽一样，透露着杀气。

"那人就是我的夫人，爱蒙恩。"

啊，那个躺在地板上的人一定是奥塔斯。真是太危险了。公爵心里默默地叫着。他掏出金刚钻，开始小心地切割着玻璃，动作非常轻微，一点声音都没有。

眼前这个疯女人死死地盯着奥塔斯，眼神中透露着常人无法体会的快乐。这时，疯女人突然站了起来，眼睛极为**警觉地**朝这边望了一下，公爵和长官连忙低下头，大气不敢喘，这个疯女人的眼神真是太残暴了。房间里一点声音也没有了，然后两个人才敢慢慢地抬起头，向屋子里望去，"哇"地叫了一声。

只见那个疯女人站在那里，一动不动，手里拎着把大斧子，默默地瞪着地板上躺着的女人，她那长长的蓬乱的头发似乎要遮住了她的半张脸，她咬住垂下来的头发，冷笑着。她那凹陷下去的眼睛熠熠发光，就像猫抓住了耗子似的，并且想要在咬死它之前拼命地蹂躏它，反复地用嘴和牙齿去咬磨它，以求得快感。

　　"啊，危险，奥斯塔太危险了，快点……"公爵努力地划着玻璃，努力地争取时间，也不在意金刚钻在玻璃上划出的那种"吱吱"的声音是否太大了。那个疯女人似乎很认真地享受着她的快感，几乎没有注意到这边发出的奇怪的声音。

　　奥塔斯躺在地上，一动不动，好像死掉了一样。不，准确地说，她好像已经神智全无，根本不知道自己将要被劈死的样子。公爵的额头上滚下豆大的汗珠，而长官把手枪端在手里，他知道，只要妻子一举起斧子想要砍死奥塔斯，他就要射中她，阻止她行凶。一个随时准备杀掉自己妻子的男人，真的是太可怜了。

　　这时，那个疯女人一边冷笑着，一边绕着奥塔斯的身体慢慢地走动，好像很舍不得马上让她死掉一样，想要竭尽所能地折磨她。她慢悠悠地举起斧子，举过头顶……啊！危险，如果她的斧子落下，那奥塔斯的脑袋壳就会一下子完全粉碎。已经没有任何考虑的时间了，公爵脸色苍白，他一拳打在玻璃上，手上沾满了鲜血，他把手伸进去打开窗子的挂钩，推开窗，立刻跳了进去，长官也紧随其后跳了进去。

　　"啊！……"疯女人发出凄厉而恐怖的喊叫声，随即把斧子对准奥塔斯的脑袋使劲砍过去，霎时，公爵一下子蹿了过去，用自己的身体护住了奥塔斯的脑袋，而斧子重重地落在他的背上，然而，那斧子奇迹般地被倒弹了回来，接着掉在地上。公爵跳了起来，把那个疯女人按倒在地，然后对长官惊慌失措地说："快去请医生来，快点……给她打一针镇静剂。"

　　完全不清楚发生了什么的女看护斐丽莎娜听到乱糟糟的喊叫声，赶紧跑过来，听到要去找医生，就马上跑到住院部的医务室。

医生很快就跑来了："病人在哪里？"

正当所有人都查看奥塔斯的情况的时候，疯女人突然挣脱开来，逃了出去。

"如果她拿着斧子冲到街上乱砍一气，真是……刚才的情形她肯定受了很大的刺激……"

的确，此时的疯女人就跟一个吃人的野兽挣脱了牢笼一般，所有人想到这种可能都慌乱了起来。医院也拉响了警报，通知所有人员到处寻找疯女人的踪影。

这时，忽然有人发现那个疯女人在一棵大树的枝杈上挂着，已经死掉了。她脚下的地上有一把斧子，斧子上满是暗红的血，应该是她之前杀掉的那几个人留下的血迹。

长官疯了似的跑过去，搂着她的尸体，泣不成声："你怎么就死了……你真的好可怜……但是，我知道，这样也好，算是成全了这世界上的其他女人，也算成全了你。"

公爵深深地体会到了长官心情的沉痛，眼泪不止，心里不停地感叹，真是一个不幸的老人。

此刻的奥塔斯好像已经从惊吓中恢复过来了，看到公爵背后衣服上的窟窿，问道："公爵，您的后背怎么了？"

"哦，那是挡斧子的时候被砍破的。"

"啊……那您是……为了保护我，才这样的……"奥塔斯被公爵的真情感动了，眼睛湿润了起来，"雷因，真的很感谢您，您是我的救命恩人。"

"没什么。"

"其实是这样的，你自己想想，我们不是商量好要查清 8 个怪异的案件吗？为了以防万一，我就准备了……"公爵脱下衣服，只见里面穿着一件纯钢材质的精致的防弹衣，他接着说，"穿上它，不用说什么小刀、斧子！就连子弹也照样能反弹回去。这跟古代东方武士们所使用的连环节有异曲同工之妙，是一种特殊的武器。我对东方武术很熟悉，刚才我就是用东方武术中的柔道，将那个疯女人按倒在地，而后来让你清醒过来的那个招式也是柔道的一招，叫作'唤醒术'。"

说着说着，公爵笑了起来："不过，你可真是逃出一劫啊，被拐走之后你肯定没吃没喝吧，而且又不知道自己什么时候会被杀掉，肯定吓坏了吧。你真是太可怜了，过度惊吓没准会导致神经衰弱，我觉得你最好还是找个清静的休养所去休息一段时间，好吗？所有的花费都由我来付，就这样决定吧。"

听着公爵体贴而温暖的话语，奥塔斯点点头，说："好的。"眼里噙满了泪水。

"你一定要赶快好起来，真希望你早日康复，然后我们就可以继续计划下一次冒险了，或许还有什么诡异奇怪的案件正等着我们呢。"

"是啊，奇怪的事情到处都有，如果真的发生了什么，我就马上跟您联系，您接到通知就一定要及时赶来啊。"

"当然！"

奥塔斯笑了，露出洁白的牙齿，所有的恐慌和惊惧都消散了。